那木斯莱，蒙古语意为"莲花盛开的湖"
多少年来，她于茫茫沙海中顽强生存
演绎着大自然的奇迹
再狂烈的风也无法将其吞没
再干旱的气候也不会使其干涸
这片湖里，不只有清澈之水和无尘之莲
更有，风沙吹不落的——
天空之蓝

坚守！
不屈！
这正是彰武人的性格
斗转星移70载
42万彰武人跋涉千里
终与愿望中的生态美景相见

流经此段的柳河是内蒙古自治区和辽宁省的界河，左岸是内蒙古自治区库伦旗，右岸是辽宁省彰武县

郑广祥/摄

辽宁省主题出版重点出版物

林雪 冯博 王晶晶 著

彰武70年
科学治沙实录

北方联合出版传媒(集团)股份有限公司
万卷出版有限责任公司

图书在版编目（CIP）数据

那木斯莱之蓝：彰武70年科学治沙实录 / 林雪，冯博，王晶晶著. -- 沈阳：万卷出版有限责任公司，2023.10

ISBN 978-7-5470-6359-0

Ⅰ.①那… Ⅱ.①林…②冯…③王… Ⅲ.①报告文学—中国—当代 Ⅳ.①I25

中国国家版本馆CIP数据核字（2023）第164984号

出 品 人：	王维良
出版发行：	北方联合出版传媒（集团）股份有限公司
	万卷出版有限责任公司
	（地址：沈阳市和平区十一纬路29号 邮编：110003）
印 刷 者：	辽宁新华印务有限公司
经 销 者：	全国新华书店
幅面尺寸：	170mm×240mm
字　　数：	240千字
印　　张：	18
出版时间：	2023年10月第1版
印刷时间：	2023年10月第1次印刷
责任编辑：	张洋洋　王　琪
责任校对：	张　莹
装帧设计：	李英辉
ISBN 978-7-5470-6359-0	
定　　价：	58.00元
联系电话：	024-23284090
传　　真：	024-23284448

常年法律顾问：王　伟　版权所有　侵权必究　举报电话：024-23284090
如有印装质量问题，请与印刷厂联系。联系电话：024-31255233

目录
Contents

| 第一章 | **把论文写在大地上**

科学治沙的"绿色答卷" / 003
沙海之痛 / 005
"彰武模式" / 008

| 第二章 | **一片沙海变林海**

前奏：崭新的苗圃 / 021
新中国科学治沙从这里开始 / 024
填补灌木固沙史上的空白 / 030
第一片樟子松引种固沙林 / 037
撕下"沙荒"的标签 / 043
屹立不倒的樟子松 / 053
叫"彰武"的树 / 061
一棒接一棒跑下去 / 067

| 第三章 | **与久别的草原重逢**

走在去往草原的路上 / 079
风沙线上的缩影 / 085
欲以"小草"写"大文章" / 092
打响第一战 / 098
通往草原的天路 / 104
如愿抵达 / 108
用"相遇之醉"描述一片草原 / 112

| 第四章 | **柳河的黄金时代**

记忆中的河 / 127
北方小黄河有救了 / 131
土地是这样流转的 / 136
打造塞北江南 / 144
稻花香里说丰年 / 150

| 第五章 | **蓝色光伏海**

"海"的现实意义与长远意义 / 161
跟随太阳走向幸福 / 168
好一幅"晒秋图" / 174

| 第六章 | **砂之都的凤凰涅槃**

一粒沙的逆袭之路 / 181
细沙也能精做 / 187
发出钻石般的光芒 / 193
"沙文章"异彩纷呈 / 197

| 第七章 | **遍地愚公**

董福财：一棵树的肖像 / 207
侯贵：有生之年，不会下山 / 223
李东魁：在 8500 亩松林深处 / 231
杨海清：40 年，坚守 / 235
马辉：沙漠之花 / 239
人与城的生态之约 / 242

| 第八章 | **一张蓝图绘到底**

回首所来径，大漠横翠微 / 251
绿色何以从大漠崛起 / 253
一本书，一张蓝图，一座丰碑 / 256

| 附录 | **彰武治沙大事记**

西旧府湖旧貌（一）

西旧府湖新貌
郑福宁／摄

西旧府湖旧貌（二）

章古台万亩松林
郑广祥 / 摄

郁郁葱葱的高山台
赵剑锋 / 摄

沙地变粮仓——华能光伏
郑福宁/摄

| 第一章 |

把论文写在大地上

这里是辽宁彰武,天蓝山青,草绿水碧。

然而曾经,这里黄沙肆虐,人民饱受风沙之苦。

70年间,几代人接续奋斗,用初心铸恒心,将大漠变绿洲。

如今,草木已重塑山河。

第一章 把论文写在大地上

科学治沙的"绿色答卷"

登上高高的瞭望塔,远望北纬42°的天空,在郁郁葱葱的绿树和青草上面,一抹宝石般的湛蓝,映耀眼前。晴空下百万亩的"三北"防护林,像一匹擦拭过蓝天的碧绿而丝滑的绸缎,抖落在山冈与云间;十几万亩簇新的草原温润如茵,在昔日的"皇家牧场"上缓缓铺展……这是美丽中国的彰武画卷,仿佛刚刚完成的《新千里江山图》青绿的一角,草香浓郁,墨迹未干……

2022年8月16日至17日,习近平总书记在辽宁考察时,关注到彰武治沙今昔对比的图片,对彰武生态建设给予殷殷嘱托。

70年来,42万彰武人一代一代接力治沙,真正实现了"绿进沙退、人进沙退",6座万亩流动沙丘得到固定,北部地区严重沙化面积减少30%以上,彰武县沙化土地面积已经从新中国成立前的524.2万亩下降到199.66万亩;林地面积由新中国成立前的18万亩增加至212.96万亩,森林覆盖率由2.9%增加到31.47%,把辽宁防沙治沙的第一道防线向北推移了13公里；平均风速由20世纪50年代的3.4米/秒降为1.9米/秒；粮食年产量由不足2亿公斤增长到现在的11.6亿公斤。彰武治沙不仅改善了全县人民的生产生活，也为保护沈阳现代化都市圈、京津冀地区生态安全，构筑了一道绿色屏障。

这是一篇用绿色书写在中国北方辽西大地上的论文，是70年来彰武科学治沙的"绿色答卷"，同时也是一部以德力格尔草原为封底，把北纬42°的蓝天裁作封面的壮美史书。逶迤飘动的柳河之水就是这部鸿篇巨制的腰封，岸边起落的鹭鸟、飞雁正在水面上书写着一个个彰武治沙人闪亮的名字……

这是一部大自然的风沙与人类文明演绎的编年史；

这是一部共产党人坚守"绿进沙退、人进沙退"的奋斗史；

这是一部中国科技工作者科学防沙、治沙、用沙的探索史；

这是一部彰武人民改地换天、建设家园的光荣史。

| 第一章 | 把论文写在大地上

沙海之痛

有人说，风沙是世界的乡愁，是天与地的初心。天地未分，宇宙洪荒，其间风沙混沌。一个叫盘古的巨人，抡起斧头，猛劈过去。一片昏暗渐渐分散，缓缓上升的东西，变成了天；慢慢下降的东西，变成了地。

多少个世纪以来，缠缠绵绵的风与沙，在地球上无数次联袂巡演了撼天动地的大戏；同时，人类的无知和傲慢的行为，在"人类文明"的旗号下，给地球的环境和我们赖以生存的土地造成了严重破坏。

生态可载文明之舟，亦可覆文明之舟。翻阅人类文明发展的历史，不难发现，人类几乎每前进一步，都要以损害地球的生态环境为代价。

以19世纪的美国为例，当时出台的土地私有化政策，鼓励向半干旱的中西部大草原地区移民开荒。30年间便有90万平方公里的处女地被开垦，中西部成为美国的主要粮仓。这种过度掠夺性垦牧，造

那木斯莱之蓝：彰武70年科学治沙实录

成新垦地大面积沙化，逐渐成为沙尘暴的源头。1934年5月11日，美国西部草原地区发生了一场震撼世界的"黑色风暴"。风暴刮了三天三夜，形成了一个长2400公里、宽1440公里、高3400米的迅速移动的巨大黑色风暴带。风暴所经过的地方溪水断流，水井干涸，庄稼枯萎，千万人流离失所。同一时期，在非洲南部，沙化地区发生了持续17年的大干旱，造成了巨大的经济损失和灾难。

中国东北部，原本是树木参天的原始森林、水清草美的平原沃土。彰武，正位于内蒙古南行的要冲，东北入关的咽喉，总面积3641平方公里，古来有"全辽管钥"之称。1692年，清王朝在此地设养息牧场。由此，彰武牛羊生息、骏马驰骋。据史料记载，康熙、乾隆、嘉庆、道光4位皇帝，曾先后十余次来到养息牧场、柳条边东巡或狩猎。

清朝末年，随着关内人口大量涌入，清王朝在彰武地区"招垦出荒"，草场被大面积焚毁，变为耕地。其后，受常年气候干燥、降水量减少、蒸发量增加等因素影响，大风和沙尘天气增多，加之牧区居民过度垦田农耕，进一步加剧了生态环境恶化，导致昔日繁茂的草场逐渐退化为半沙漠化和沙漠化地区，生态环境十分恶劣。

1840年鸦片战争以后，沙皇俄国通过军事讹诈和武装侵略对中国的林业资源进行了掠夺性采伐。九一八事变后，东北全境的森林资源被日本人疯狂掠夺、肆意践踏。解放战争时期，国民党军队又在辽西北修建了大量的军事工事，让原本脆弱的生态雪上加霜。到新中国成立前夕，原本水草丰美的科尔沁地区，经过几十年的变迁，已经变成了全国面积最大的沙地。养息牧场也失去了最后的屏障，逐渐退化为半沙漠化和沙漠化地区，成为狂沙漫天的"黄龙之首"。

辽宁省在地图上的形状像一只马蹄，中间开口是海洋，两侧是高山，平均海拔 500～800 米。东侧的本溪、抚顺、丹东三市，森林覆盖率都在 60% 以上；蒙古高原的努鲁儿虎山及大黑山等朝阳一带，平均海拔 300～500 米之间，植被覆盖率也超过了 50%。这样形成了一个"大簸箕形"——两山夹一川，这个川就是中国 47 个大风口之一。大风口的前沿就是延伸到内蒙古腹地的彰武县阿尔乡镇。

彰武县风大沙多，沙子有两种类型。一种是外源性的，是从科尔沁沙地吹过来的；另一种是内源性的，是彰武县本地的。科学钻探表明，彰武县章古台镇沙层平均厚度为 128 米，彰武县冯家镇和大德镇沙层平均厚度为 130 米。除此之外，每年还有柳河——从内蒙古发源的辽河支流输入的大量泥沙。

新中国成立初期，辽宁作为重要的工业基地，被称为"辽老大"和"共和国长子"。特殊的地理位置和严峻的沙漠化程度，使彰武县成为辽宁土地荒漠化治理最紧迫的区域。如果风沙不治理，彰武县经济社会发展将受到严重制约，人民群众生产、生活更是受到严重影响。更为严重的是，它将对辽宁省中部城市群和新中国重要的工业基地构成灾难性威胁。

中国共产党搬走了压在人民头上的"三座大山"，岂能让翻了身的老百姓再遭受风沙之苦！党和政府因此拉开了新中国科学治沙的帷幕，也开启了中国共产党人在辽西北践行初心使命的生态实践。

那木斯莱之蓝：彰武70年科学治沙实录

"彰武模式"

1950年4月，党中央提出要在风沙水旱灾害严重的地区选择造林。同年春天，曾以"无山不绿，有水皆清，四时花香，万壑鸟鸣，替河山妆成锦绣，把国土绘成丹青"诗句描绘祖国远景的新中国首任林垦部部长梁希在全国范围内发动了大规模的植树运动。自此，新中国的绿色梦由黄而青逐渐延伸。

那场声势浩大的春季造林运动以华北、西北、东北三地为重点。其中，以东北西部防护林规模最大：全长1700公里，分布面积2000万公顷。

"到东北去，为人民好好服务。"这是原东北人民政府副主席林枫同志所讲过的。他不仅说到做到了，而且从速从快。1950年7月，针对东北地区西部风沙严重的问题，林枫同志正式向东北局提出营造西部防护林带的建议。

这条林带东起吉林省的农安，西至内蒙古自治区，南迄辽西省的新民，北达黑龙江省的泰来。计划植树55亿株，造林面积约为东北全境耕地面积的二分之一。营造如此规模宏大的防护林带，别说是在当时的中国，就是在世界上也是罕有的。

那年冬季，东北人民政府首先派出专业技术人员组建了调查组，从东北与内蒙古交界处的彰武等县开始测查工作。

当走到彰武县章古台镇时，调查组人员被眼前的景象惊呆了。

只见茫茫荒丘之上，风沙如黄龙长驱直入，高达二十几米的巨大沙丘在狂风的推动下如怒吼的海一般不停地翻涌着。起初还能隐约听到彼此的说话声，后来干脆什么也听不到了。

调查人员在分不清东西南北的沙漠中深一脚、浅一脚地跋涉，辗转到天黑时才发现远处有一处微弱的灯火。那是从一座破旧低矮的窝棚里发出的煤油灯的微光。窝棚的周围堆满了流沙，高得几乎把窗台都封住了。

他们敲开房门，走出来一位老大爷。大爷姓李。李大爷说："这里遍地沙丘，光大的就有几十个。"

当问到如何种庄稼时，李大爷长叹了一口气。

"这里草木不生，至于种庄稼那就更稀罕了。开了春，好不容易把地种上，可恶的大风沙不是把种子吹上天，就是把秧苗埋起来。到了夏天，该是庄稼生长发育的时候了，眼巴巴地盼来了雨，又都渗到厚厚的沙层里去了，地面还是干的。

"这天气变坏了不说，人和牲畜也患上了流行病，传染得很厉害，被逼得没活路的乡亲们，大都搬家投奔远方的亲戚去了。我太爷的坟地，原先离沙丘有二里远，可是现在已被沙子埋上，很难找见了……

"被风沙撵着跑，我也搬了好几回家，就快走投无路了……"话还没说完，李大爷已泪湿衣襟。

耕地被风沙盖上了，井被风沙填上了，就连祖坟也被风沙埋上了。老人能不流泪吗！

"要是有一天这沙丘上长出树和草来，种出像样的庄稼，那该多好啊！"

他们安慰李大爷：会有这么一天的！

经过调查，工作人员摸清了情况。这里属于内蒙古高原与辽河平原的过渡段，大陆性季风从蒙古高原呼啸而来，穿过两山夹平原的地区，俯冲砸向低于高原千米的"彰武簸箕"。经年累积，使这里沦为沙层达百米的一级生态敏感带。

回到驻地后，他们立即将调查结果向上级汇报：地处全国第一大沙地科尔沁沙地南侵咽喉要道的彰武县，风沙侵袭极其严重，不仅给当地百姓带来毁灭性的灾难，还直接威胁着辽宁中部城市群的生态安全。

改造自然环境，造福人民，刻不容缓！

1951年2月下旬，农林部民政局派出干部百余名，配合辽西省林业干部70余名，组成2个调查大队、13个调查组，正式开展测量调查及宣传工作。

不久后，年过半百的工程师韩树堂和6位年轻的林业科技人员组成的科研队伍，响应党的号召，来到人迹罕至的彰武县章古台镇，1952年4月组建了辽西省林业试验站（1978年更名为辽宁省固沙造林研究所）。

新中国成立之初，百废待兴，研究治沙没有现成的经验和办法，也找不到任何可借鉴的资料，只能从实践中不断探索。白天，韩树堂、李克、王永魁等科技人员与辽西省林业试验站主任刘斌一道,背着干粮和咸菜疙瘩,徒步十几公里到科尔沁沙地深处寻找固沙植物,观察流沙移动规律。晚上,他们就在工棚的土炕上研究方案,总结分析科研数据。经过不懈努力和反复试验,他们终于从数百种植物中筛选出5种优良固沙植物,并且总结出"以灌木固沙为主、人工沙障为辅,顺风推进,前挡后拉,分批治理"的一整套综合固沙方法。这套方法被誉为中国三大治沙方法之一,填补了我国灌木固沙史的空白。

1953年春,辽西省林业试验站从呼伦贝尔的红花尔基镇引进了樟子松,并在章古台沙地开始育苗试验。这是一场前无古人的樟子松治沙试验。经过反复试验,他们相继总结出了高床播种、沙埋越冬、裸根移植和小坑靠壁造林等一系列完整的育苗和造林方法。1955年,引种樟子松试栽成功,拉开了樟子松沙地造林的序幕,最后营建了国内最早的沙地樟子松人工固沙林。章古台樟子松固沙造林与育苗技术成为国内首创,是我国防治沙漠化典型模式之一。

20世纪70年代,"章古台固沙造林技术"载入中国林业史册。章古台固沙造林模式,也为破解全世界的治沙难题找到了一种全新的答案。

敢为人先、与时俱进的科学精神是代际传承的。20世纪90年代,樟子松固沙林发生了松枯梢病,造成樟子松人工林的大面积衰退,人们开始怀疑樟子松引种是否成功。以宋晓东为代表的新一代科技治沙者,带领科研团队成功攻克了樟子松病虫害这一难题。为解决樟子松的病虫害难题,宋晓东把全部心思都放到了科研上。为了不耽误实验,他甚至把实验器具搬到家中,把病虫害标本放到冰箱里,夜以继日地观察研究。2000年10月,宋晓东终于成功找到防治病虫害的方法,使樟子松的枯死率降低了40%。此后，通过20余年的科研攻关，他不仅摸清了樟子松人工林的衰退机理，还总结出了切实可行的防控措施，完善了我国经典治沙模式之一——辽宁章古台樟子松治沙造林模式，实现了灾害的生态控制，为我国防沙治沙建设提供了强有力的科技支撑。

曾以樟子松闻名全国的彰武县，又在彰武松的研发上取得了创新和突破。彰武松的发现，缘起于辽宁省固沙造林研究所工程师张树杰的职业精神和钻研作风，功成于该所科技攻关小组的协力合作、永不言败的科学探索。由高级工程师黎承湘主持的攻关小组，17年间经历无数次的试验、失败、再试验、再失败……最终一个抗病、抗旱、抗虫和抗风能力都优于樟子松的新树种诞生了，人们称之为"彰武松"。2009年，彰武松获中国第二届沙产业博览会实用技术奖。如今，彰武松已遍布全国，还作为2022年北京冬奥会的"明星树种"名噪天下，成为辽宁省固沙造林研究所的骄傲。

拓展科学研究的领域，由防沙治沙走向用沙，是辽宁省固沙造林研究所科技人员传承治沙精神的又一体现。

早在1957年，彰武县就迈出用沙的第一步，阿尔乡镇开工建设了彰武县第一家国有硅砂企业，为大连玻璃厂等企业提供原料用砂。20世纪90年代，彰武县已经有硅砂企业5家，产品销往北京、山东等地。2007年，彰武县硅砂行业协会成立，并编制《彰武县硅砂产业发展规划》。2016年，在北京国际铸造博览会上，彰武县被授予"中国铸造用砂产业基地"称号。2017年至2023年，彰武县连续5届成功举办中国铸造硅砂产业发展论坛。目前，国内硅砂行业十强企业中有7家已落户彰武，彰武县把硅砂产业作为县域经济发展的突破口，实现了从无到有、从小到大的升级蜕变。

彰武治沙为整个"三北"地区乃至全球荒漠化治理提供了彰武经验。以彰武县章古台固沙造林模式为标志的治沙经验和典型，对全国防沙治沙工作起到了重要指导和示范作用，同时也产生了广泛的国际影响。

1981年，瑞士联邦林业研究所所长波斯哈特博士来辽宁省固沙造林研究所参观访问。在结束考察后的座谈会上，波斯哈特对彰武县的固沙成就给予了高度评价。他认为，治沙是国际性难题，如果流沙放在欧洲，那的人们可能会选择放弃，而中国获得了成功。

在此之后，先后有42个国家和地区的400多名政府官员、专家学者到彰武县参观考察。

其中，阿尔及利亚林业考察组组长在座谈会上讲："我们跑了1.6万公里（来这里参观学习），是因为你们的经验是很显著的。在新中国成立后，这个地区的林业工作者在毛主席的领导下，做出了无产阶级斗争的榜样。你们的成绩、经验、（所做出的）榜样，使愿意改造自然环境的人（知道了如何）走你们的道路。"

联合国环境规划署环境秘书处固沙造林考察组组长在彰武的樟子松人工林休息时说："这里太好了，我不走了，天堂一样。"

国务院原副总理姬鹏飞曾陪同马里总统穆萨·特拉奥雷专程到彰武参观访问，意在将辽宁的治沙典型作为外交窗口展示给世界。

1983年，科研专家谢浩然受林业部和对外经济贸易部的委托，率领中国治沙造林考察团，对索马里部分沙区进行了治沙造林可行性考察，形成了索马里部分沙区固沙造林可行性考察报告，为联合国援助索马里固沙造林提供了理论依据。

由此，章古台固沙造林的经验走向了世界。

在国内，我们也欣喜地看到，这些科研人员的科研成果，已经在整个"三北"地区落地生根，开花结果。

彰武治沙为全国的治沙提供了理论、技术、人才、经验等各方面的支撑，它从黄沙漫漫的辽西大地开启，无经验、无模式，通过自力更生，艰苦奋斗，探索出了一条科学治沙之路，为中国荒漠化治理提供了"彰武模式"。

进入新时代，以于国庆为代表的辽宁省沙地治理与利用研究所的科技工作者，积极践行习近平生态文明思想，秉承实事求是、敢为人先、与时俱进的科学精神，按照习近平总书记"山水林田湖草沙"系统治理的新理念，用科技主导彰武草原生态建设和循环农业发展，致力于解决农田地力下降、森林系统不稳定、农田林网更新缺少科技支撑等一系列沙区农林牧业科学发展问题，正在探索人与自然和谐共生的生态建设新路径，创新彰武生态建设模式。

可以说，辽宁省固沙造林研究所成立几十年来，几代科研人员敢为人先，始终引领研究所站在中国治沙领域的最前沿。除了上述代表性人物，王泽、王永魁、朱德华、赵玉章、焦树仁、王润国、周景荣、赵瑞春……他们的名字也应该镌刻在彰武治沙的历史丰碑上。

为了铭记研究所科研人员几十年探索防沙、治沙、用沙，为国为民的历史功绩和高尚情怀，彰武人民建立了"大漠风流"碑，上面写道：

"研究所之诸君在章古台沙地上创奇功、建伟业，堪称世人之楷模。其不畏艰难困苦改沙漠、创生机之奋斗精神可嘉，其不向名利伸手、不为个人得失费神祇虑，为事业竭忠尽智之强烈事业心与责任感可赞,其心怀大目标坚信党领导,在坎坷艰险面前不失望迷误,不计较个人恩怨得失,永远奋进的忘我精神无上崇高,其在科学事业上挫折不气馁、失败不灰心,贵在坚持、成在韧劲,顽强不懈之探索精神令人叹服,其举止言行、报国赤心为人师表!"

| 第二章 |

一片沙海变林海

从20世纪50年代初开始,处于辽西北防风治沙前沿阵地的彰武人民就在中国共产党的领导下,开启了新中国科学治沙的历史。70多年来,一代代彰武人前赴后继、不懈奋斗,不仅止住了科尔沁沙地南侵的脚步,保住了以沈阳为中心的辽宁中部城市群的生态安全,也在艰辛的实践中探索出了一整套科学治沙模式,为我国防沙治沙提供了强有力的科技支撑,为世界荒漠化治理贡献了中国方案。

第二章　一片沙海变林海

那是一个有雨的清晨，在彰武最早迎战风沙的地方——大一间房的松林里，走着一行人。

走在前面的有三位。中间的是位长者，年岁虽高，却目光清亮、身材挺拔、步伐坚定有力，他的名字叫朱德华；长者左侧的人不到60岁，身材瘦高，戴一副近视镜，具有学者风范，他的名字叫宋晓东；长者右侧的人相对年轻，中等个头儿，给人一种果断干练的印象，他的名字叫于国庆。

朱德华和宋晓东都曾担任过辽宁省固沙造林研究所所长，于国庆则是辽宁省沙地治理与利用研究所所长。

三个人并肩向前方走，边走边轻声交谈。

"近七八年都没有这么好的雨水，今年是近年来雨水最充沛的一年。"宋晓东向朱德华介绍着。

朱德华听后，欣慰地点点头。

一行人的脚步在密林深处停下来，那里有一座墓。

墓前立着一座石碑，上面刻着六个苍劲的大字：刘斌同志之墓。

于国庆将手中的花环恭恭敬敬地放在碑前的石阶上。

"老主任，我们来看你了！"朱德华的眼眶湿润着，声音明显颤抖。

一行人共同弯下腰，向老主任三鞠躬。

周围树木静默，蒙蒙的雨丝落在细细的松针上，发出回忆般的声音……

前奏：崭新的苗圃

1951年春天，东北人民政府农林部在沙荒集中的彰武县章古台镇设立辽西省实验苗圃。

同年5月，辽西省沙荒造林局派来了一名林业工程师。他，是第一个走上这片沙荒地的治沙科研人员，他的名字叫韩树堂。

韩树堂，生于1898年，吉林省梨树县人。

派他来之前，组织上是有顾虑的。

作为经验丰富、勤恳踏实的老工程师，韩树堂完全具备向黄沙挑战的资历。但有一点也不容忽略，那就是他的年龄。当时的韩树堂已经年逾半百，只身前往自然条件极其恶劣的沙荒地无疑是一种冒险。

但，拯救沙区刻不容缓，保护百姓刻不容缓，固沙造林刻不容缓，这三个刻不容缓又容不得组织再多考虑。

组织派出相关领导将韩树堂请到办公室，向他说明了情况。

韩树堂不假思索地回答："哪里需要我，我就到哪里去！"

"老韩哪，你毕竟不是年轻人了，有困难可以提出来。"领导接着说。

韩树堂笑了笑，说："早年我就读过王昌龄的那首《从军行》，至今'黄沙百战穿金甲，不破楼兰终不还'的诗句还在我心头撞击。

"到祖国最需要的地方去，我可以立即启程。"

见他态度如此坚定，领导赞许地点点头。

不多日，两鬓斑白的老工程师韩树堂扛上行囊，走进火车站。

一夜未合眼的老伴儿不放心地说："乡下环境不比城里，你可千万要照顾好自己……"

"不用惦记，快回吧。"韩树堂示意老伴儿回去，转身踏上那列即将驶向远方的火车。

随着汽笛一声长鸣，列车开动了。车窗外，老伴儿的身影变得越来越小，"老韩，多保重"的声音也变得越来越模糊。

坐在车厢里的韩树堂，开始想象未曾谋面的章古台，想象即将开垦的苗圃，想象一棵棵苗木在沙地上扎根、发芽……

一年，不可能。

五年，也不现实。

十年，但愿如此吧！

沙区什么时候绿了，我什么时候回来；沙区不绿，我就不回来。

他希望，尽己所能改变沙区人的命运。

不知不觉，章古台车站到了。

还没等站稳脚跟，迎面扑来的风就将他吹了个趔趄。

风沙，比想象中大很多。

走出站台，一位身上落满了沙土的老汉朝这边走来，看样子，已等了好一阵子。

老汉热情地握住他的手，说："韩工程师，可把您给盼来了！"

说完忙接过韩树堂的行李,招呼他上了马车。

笨重的大轱辘胶轮马车载着他们两个人在松软的沙地里缓缓前行。

韩树堂望向周边。虽说已是春天,可这里没有半点春天的影子。有的只是风沙,空中盘旋的是,地上翻滚的也是。

经过一座沙丘时,车轮陷了进去。老汉"驾驾""喔喔"地吆喝那匹老马,车身动了动又停了下来,似乎比之前陷得更深了。

老汉举起鞭子刚要甩起来,韩树堂赶忙拦住。

他下了车,和老汉一起向上推。

老汉说:"我能记事那会儿,这里只有3个小沙丘,现在已经有20多个了。这些年,沙丘越来越高,风沙越来越大……"他叹了口气,不再说话。

"等咱们栽上树,种上草,就会好的!"韩树堂安慰道。

老汉憨厚地点点头:"我信,我信!"

他们以"进一步,退半步"的速度越过了一座座沙丘,走到了大一间房。大一间房不是房,是一座村庄。因为风沙大,住户少,所以才有了这个听起来无比孤单的名字。

在一座低矮的土房前,马车停下来。老汉帮韩树堂把行李搬进屋里,让他坐下来歇脚,然后走到灶台边打算烧火做晚饭。

韩树堂说还不饿,等饿了自己做就行。

老汉拗不过,只好说:"韩工程师,那我先回了,您有啥事随时叫我。"

望着老汉风沙中远去的背影,韩树堂感觉鼻子酸了一下。

那晚,借着煤油灯微弱的灯光,他在日记本的第一页写下一行字:

我要和沙丘战斗到死!

那木斯莱之蓝：彰武70年科学治沙实录

新中国科学治沙从这里开始

韩树堂来到章古台1年后，也就是1952年，当苗圃里的苗木初绽新芽的时候，从省城传来了一个好消息：辽西省人民政府决定在章古台开展固沙造林试验研究。

4月22日，对彰武来讲应该是一个载入史册的日子，因为这一天，辽西省林业试验站，也就是后来的辽宁省固沙造林研究所在这里成立了。

这一天，在我国治沙史上同样有着非凡的意义，因为新中国成立了第一个防沙治沙科研机构。

如果把目光放远一点，我们还会看到：18年以后，这一天成为全世界人民都关注的日子。

"地球是我们唯一的家园。"

"种绿色希望，让地球不再流浪。"

"爱地球，让人与自然和谐共生。"

不错，它是与树有关、与绿色有关、与每个人有关的"世界地球日"。这个节日如同一扇精神之门，唤醒了公众的环保意识，人类共同的家园因此多了青山与碧水。

辽西省林业试验站成立之初，由先前到来的韩树堂主持工作。

韩树堂，第一位踏上这片沙荒地的科研人员，成了这里的"开站元勋"。

他带领5名技术工人靠着锹挖、肩挑和车拉削平了3座大沙丘，填平了5个大坑，平整出一块135亩的育苗地。

在寸草不生的沙丘上，他们开辟出大一间房试验区。

这是辽西省林业试验站固沙造林最早的试验区，此后的捍止移动沙丘（人工沙障和灌木固沙）试验、流动沙地造林试验等课题研究大都是在这里进行的。

那一年，他们开展了柳树埋干、黄柳压条等试验，在茫茫沙丘播种下草籽和糜子，赶在雨季栽植了榆树、杨树、紫穗槐和胡枝子。

当时，除主持工作的工程师韩树堂外，再无其他科研人员。那年秋天，组织上将锦州农业学校毕业的王泽分配到这里。

沙漠，对别人来说，也许象征着荒芜与贫瘠，但对王泽来讲，却是一个梦。这片沙地吸引着他。所以，当一听说自己所学的知识有了用武之地，他高兴得一夜没睡着。

明天就出发！

恨不得马上就奔往"战场"！

他的心中，只有"抱负"二字，却忽略了家人的感受。

父亲坐在炕沿上沉默不语。

母亲流泪劝说："我们都上了年纪，你该成为家里的顶梁柱了……"

"咱们能翻身得解放，我能读书考学，靠的都是共产党，能有回报的机会是一种光荣。"面对挽留自己的父母，王泽耐心地做他们的思想工作。

"远走高飞也行，那也得去一个好地方吧，咋还偏选那沙窝子吃苦受罪去呢？"

王泽拉着父母的手，说："我不去，总得有人去。沙区的老百姓都盼着呢，我们早一天到，他们就早一天看到希望！"

他勉强得到了父母的支持。

可还有另一关，那就是深深爱着他的姑娘李玉文。

在沈阳一家高级服装厂上班的李玉文，最初坚决不肯放弃自己的工作，但王泽的态度比她更坚决。

"我搞固沙离不开沙地，你若离不开我，就得跟我去'吃'风沙。"

看着温顺的爱人哭成了泪人，王泽心中虽有怜惜之情，信念却不曾动摇。

"我们正当年轻，这个时候不为国家出力，将来老了会后悔的！"

最终，李玉文被王泽的远大抱负打动了。

1952年10月，怀揣改造沙区壮志的小伙子王泽如愿出发了。

当他与迎候的韩树堂会合在"主战场"章古台时，两个人的手紧紧地握在了一起。

从此，这一老一小就成为奋斗在同一个战壕里的战友了！

创业艰难百战多。他们租住的那座土房极其简陋。一天夜里突降暴雨，雨水顺着房笆往下漏，炕上、地下、四处流淌。措手不及的他们顶着锅盖、脸盆躲在墙角，一直站到天亮。

战争还没打响，就来了个下马威。但他们没被困难吓倒，而是拿起劳动工具，自己动手，起早贪黑地捡砖头、编房笆。手磨出了泡，肩膀压肿了，他们咬紧牙关，硬是以艰苦奋斗、自力更生的精神盖起了集办公室、宿舍、食堂、仓库于一体的四间平房。

在 3600 亩流动沙丘上，试验站的工作人员一起向茫茫沙丘展开了一场场猛烈的攻势——

栽植差巴嘎蒿、小红柳、蒙古柳，用黄柳插条做生篱试验；

用桑树、色树和花曲柳造林固沙，开展柳条编栅，倒插苞米茬、高粱茬等机械防沙试验……

1953 年 9 月，辽西省林业试验站更名为辽西省林业局固沙造林试验站。

9 月 10 日这天，辽西省林业局固沙造林试验站迎来了第一位当家人——刘斌。

辽西省人民政府决定把时任义县县长的刘斌派来当主任，曾引起不小的轰动。

"老刘头放着堂堂的县长不当，要去乡下当主任？"

"不可能！"

没有人相信这是真的。

人往高处走，水往低处流，老刘头儿此举与"常言道"明显背道而驰，即使引起比这再大的哗然都不足为奇。更何况，人不老但资格老的刘斌是响当当的人物呢——

刘斌，原名赵文郁，1905 年出生在河北省滦县的一个叫华山峰的村庄。1941 年加入中国共产党，早年参加过抗日战争和解放战争，曾是东北民主联军后方司令员、东北军区炮兵司令员朱瑞将军的老部下，担任过冀东解放区区长、区委书记、县长等职务，东北解放后任过义县粮食局局长、县长，辽西省造林局局长等职务。

从依山傍海的繁华之地到地处偏远的荒凉沙乡，从领导几十万人的一县之长到只管几个人的试验站主任，放在任何一座天平上都会左右失衡，但刘斌二话不说，只一句："服从组织安排！"

"服从组织安排"，这句话说起来轻松，做起来可是牵一发而动全身啊。

老伴儿难免有些埋怨情绪："你这南征北战大半辈子了，能不能为孩子们的前途着想……"

刘斌打断老伴儿的话："回想当年，和我一起并肩战斗过的那么多战友，包括老首长在内，有多少人都牺牲了，没过上一天好日子，你说和他们相比，咱有什么资格和脸面跟组织讲条件呀！"

在刘斌心中，治理风沙、保护省城安全同样是一场革命，他不能当逃兵，要昂首挺胸走向那片战场。就这样，48岁的刘斌带着全家老小从义县县城搬到了章古台，他下定决心要和这里的风沙死磕到底！

这一年，中国科学院林业土壤研究所所长兼党委书记朱济凡组织治沙课题组来到章古台镇大一间房试验站蹲点，与试验站合作开展固沙造林试验。

当时的试验站，云集了诸多大咖——

我国著名植物分类学家、地植物学家和林学家，中国植物学科研究的开拓者和奠基人之一的刘慎谔；

著名林学家，后来担任沙坡头沙漠试验站首任站长的李鸣冈；

著名林学家、森林生态学家、植物分类学家王战；

还有刘慎谔的女儿——风华正茂的沙漠植物学家刘媖心。

课题组由王战、李鸣冈先后担任负责人，刘媖心任秘书。在时任林业土壤研究所副所长刘慎谔的指导下，课题组成员白天在风沙漫漫的沙丘搞科研，夜晚在昏暗的煤油灯下继续攻坚。

奔赴这里的，还有响应祖国号召的毕业生和科研骨干：东北林学院首届毕业生，在辽西省林业局、辽西省沙荒造林局工作过的谢浩然，刚刚走出农业学校大门的王永魁、赵玉章、李克、佟文学……他们，放弃了繁华的城市，甘愿来到生活条件和工作条件异常艰苦的固沙造林试验站。

群贤毕至，少长咸集，向沙地挑战的科研队伍越来越强大了。

党领导的改造自然的伟大斗争点燃了每一颗心。

那木斯莱之蓝：彰武 70 年科学治沙实录

填补灌木固沙史上的空白

　　沙漠植绿，是一场史无前例的试验。

　　当家人刘斌走向大一间房试验点时，呈现在他眼前的是被风掀得东飘西荡的沙障子，韩树堂、王泽和 5 名技术工人苦战整个春天埋下的树苗，被大风吞得所剩无几。

　　他的心像波涛一样翻滚。

　　那晚，他和韩树堂聊了一个通宵。

　　"草发不出芽，树扎不下根，世上的植物那么多，难道就没有适合在这片沙地上生长的？"

　　"有，只是现在我们没有现成的文献资料可作参考，得通过一次次试验去摸索。"

　　"我就不信治沙比打鬼子还难了！"

　　"打鬼子咋胜的？"

　　"攻击之前先摸清敌情，就是我们常说的'知己知彼，百战不殆'。"

"风沙就是咱们的敌人,先从了解风沙入手。"

"对,越详细越好。"

两人"纸上谈兵"之后,第二天一早立即安排进入实战。

青年技术员王永魁自告奋勇承担了这个重任,他迈着坚定的步伐走进了茫茫沙丘。

烈日炙烤,沙面温度高达零上四五十摄氏度,头顶太阳烘烤,脚下沙粒滚烫,人难受得喘不上气来。数九寒天,沙地气温低至零下30多摄氏度,尖硬的北风吹得人浑身发抖,手也不听使唤,实在挺不住了,他就围着帐篷跑圈取暖。

在一个盛夏的正午,他的身子往下一沉,晕了过去。

醒来后,他继续站在烈日下观测,记录下主风方向、风速、气温、沙丘流动规律……这些数据为后面的固沙试验提供了重要的科学依据。

一道曙光自沙地上冉冉升起,另一道希望之光也在向探索者的目光靠近。

"总有一种植物能够拯救沙地!"

每天从试验区回来,大家都会聚在煤油灯下,围绕这个话题进行讨论。

"植物有木本植物和草本植物,木本植物高大坚硬但不易扎根,草本植物矮小柔弱成活更难。"

"木本植物又有乔木、灌木之分,灌木不高不矮,茎干丛生,根系发达。"

"刘慎谔专家提出了草、灌木结合的方案,土壤研究所的课题组正打算照此进行固沙试验呢!"

讨论结束后,刘斌一声令下:"种草继续!锁定灌木植物!"

具体哪一种最适合——寻找。

一心要把沙地变成绿洲的他们带上行囊和干粮深入沙地腹地，开始一场场寻找。

沙漠里的天气异常恶劣，时而沙借风势，时而风助沙威，整天昏天暗地。尤其是星罗棋布的沙丘，常会使人迷失方向。在一个风沙弥漫的傍晚，老工程师韩树堂和助手王泽曾绕着相似度极高的沙丘走了两个多小时。

回到试验站后，他们绘制出一张考察路线图，把路过的每一座沙丘都编上了号码，以为这样往返就会顺利了。但后来他们发现，这一招并不灵，因为四面八方的大风将沙丘吹得"搬走"的"搬走"，"削平"的"削平"，"开花"的"开花"，出发前与出发后完全不同，根本无法辨认。有两次幸亏遇到识路的当地人，他们才找到返回试验站的路。

尽管经常处于"十字路口"，但他们始终不曾停止寻找。

1954年7月，顶着似火的骄阳，踩着烙铁般的沙地，韩树堂和王泽再次踏上了征途。他们沿着铁路线向内蒙古方向走，来到了甸门营子。转悠了3天的他们已是又渴又累，实在走不动了。

就在这时，一片水泡子如荒漠甘泉般出现。两个人走过去，捧起水来连喝了好几口，感觉暑热缓解了许多。他们找了一处背风的地方，坐了下来。

人是歇下来了，可脑子里想的还是灌木植物。回想3天来的一无所获，韩树堂不由自主地叹了口气。他看了看身旁疲惫不堪的王泽，只见他脸被晒得黑黝黝的，嘴角也干裂得结了痂，那头浓密的头发被风吹得乱蓬蓬的不说，还落满了沙子……两年前那个俊朗的书生，已改变了模样。

|第二章| 一片沙海变林海

韩树堂又回想起出发时试验站里的战友们满怀期待的目光。此刻，他多么希望一株抗风耐旱的植物立即出现啊！就在目光从王泽身上移开的刹那，他感觉自己的眼睛好像被什么东西点亮了，顺着那束不确定的光寻找，啊，原来是一丛绿！

就在前方另一座沙丘的迎风坡上，挺立着一株灌木植物，虽然风在不停地击打它，根须也被剥出一大半，但它依然顽强地抓住脚下的沙土。

当时已是56岁的韩树堂像个孩子一样欣喜若狂地跑向那里，王泽也跟着狂奔过去。

密密匝匝的羽状叶片，碧中镶紫的序列状角果，他们看清了，是小叶锦鸡儿！如获至宝的两个人一起用手小心翼翼地扒去埋住它的另一半沙土，完整地取出它长长的根须。

韩树堂紧锁的眉头展开了，他连声说："总算找到了，总算找到了！"

"咱们这一趟没白跑啊！"王泽也格外激动。

"我们找到了沙地上最有生命力的'救命草'！"韩树堂把那株植物向上举起来。

王泽张开双臂，向着天空高喊起来："我们很快就会打赢第一场仗了！"

怀着胜利的喜悦，他们回到了试验站。

众星捧月般，大家将这位"贵宾"团团围住。

"小叶锦鸡儿，是多么了不起的植物啊！"

"好一个'锦'字，让我想到金子，想到了光！"

"这道光很快就会照亮荒芜的沙地！"

"我们是在迎风坡上发现它的，再把它栽到迎风坡上！"

"对，这一点很重要！"

栽下去的小叶锦鸡儿跟懂得回报似的，努力地吐露生机。

这生机是一株灌木植物的生机，也是这片沙地的生机，更是科学固沙道路上的生机。

第二年春天，国家调来200斤小叶锦鸡儿种子，科研人员和技术工人把种子撒在了迎风坡上。

一场透雨后，小叶锦鸡儿拱破了沙土，发出了嫩芽。

又过了些日子，枝条上抽出了新梢。

等到花期到来，花朵绽满了枝头。

根须延伸到哪儿，绿色就长到哪儿，花儿就开到哪儿，这"披金戴银"的灌木植物没辜负每一位试验站人员的希望，出色地完成了自己的使命。

经过试验研究，他们有一个重大的发现：除了根系发达、固沙能力强之外，小叶锦鸡儿还有一个显著的特点，那就是不怕沙埋。沙子越埋，分枝越多、长势越好；沙子越埋，越是能成片成片地繁殖衍生。

有了"固沙第一先锋"，一定还会有第二、第三、第四和第五个。

土壤研究所的课题组成员同样坚信这一点。他们运用自己的聪明才智，耐心地在沙丘上展开一场场研究。

李鸣冈、王战两位前辈以身作则，忘却年龄，忘却疲劳，经常通宵达旦地工作。

刘媖心，这位长于城市的大家闺秀，为调查和采集沙地植物标本，深入人烟稀少的沙地，不问寒暑。

年轻的成员不甘落后，任烈日炙烤、汗水淋漓，任风雪交加、寒冷异常，没有人叫过一声苦。

所有科研人员共同努力，终于从上百种灌木植物中筛选出了不怕土壤贫瘠、不怕风吹沙打、不畏严寒酷暑、适宜沙地生长的小叶锦鸡儿、黄柳、胡枝子、差巴嘎蒿和紫穗槐几种灌木植物。

通过对这些灌木植物成活率、保存率、不同时期的生长表现等各项指标的分析，科研人员摸索出了制胜的"秘诀"，即：

在迎风坡栽种小叶锦鸡儿；

在落沙坡栽种黄柳；

在丘顶栽种胡枝子；

在丘腹两翼栽种差巴嘎蒿；

在丘脚栽种紫穗槐。

他们从正面进攻，从侧面进攻，从后方进攻，从三面包围到四面包围；

他们巧借风力，顺势追击，不断扩大阵地；

他们按照轻重缓急，从低到高，分段治理。

他们总结出了"先固丘脚、分期治理、顺风推移、步步前进"的宝贵经验。

有了制胜法宝，何愁胜券在握？

沙漠上绿意渐浓。远远望去，一簇簇灌木植物茂密得跟扎了堆似的，颇有"团结就是力量"的笑对风沙之势。在它们的"掩护"之下，柔嫩的小草也开始在周边沙地蔓延……

固沙区的3600亩流动沙丘固定住了！

这久违的风景把沙乡点亮了，也把沙乡人的眼睛点亮了。

"绿油油的，好看，真好看！"

"等着看吧，今年是一片，明年就会是一大片了！"

"'走路风沙打脸，吃饭碗里有沙'的苦日子就快熬出头了！"

大家都为这件"大年初一头一回"的大喜事感到由衷高兴。

"寸草不生"的沙地出现了绿色,人们说,经受干旱、严寒和风沙重重考验的5种灌木植物是科尔沁沙地的"功臣"。

后来,科研人员总结出"以灌木固沙为主,人工沙障为辅,四面包围,顺风推进,前挡后拉,分批固定"的一整套灌木固沙方法。

这一整套灌木固沙法被誉为中国三大治沙方法之一。

章古台灌木治沙法填补了我国灌木固沙史的空白。

第一片樟子松引种固沙林

在进行灌木固沙试验的同时，试验站的科研人员还在思考这样一个问题：灌木植物可以完成"黄土不露天"的大任，但毕竟个头儿低矮，够不着空中横飞的风。灌木管不了的"空中地盘"，谁管得了？

杨树、柳树、榆树之类的乡土树种，虽然有的勉强能活，但由于沙荒干旱贫瘠，生长极为缓慢不说，最后都长成了干枯的"小老树"，根本无法成林，无法有效地防风。

只有乔木、灌木相结合，才能形成上下连接的挡风屏障，彻底治住风沙。

一番探讨之后，科研人员还是在确定树种这个环节卡壳了。

之前在试验区栽过杨树、柳树和榆树，成活率都不高。即便是成活，到了秋天树叶也会落个精光，依然不能有效防风。

那就从常绿树种里选！

杉树？柏树？松树？还是其他？

最后，大家将目光盯到松树身上。

有人记起在林业学校参加山地森林调查时，曾看过悬崖峭壁上长着一棵松树。

"岩石缝里没有土，也没有营养和水分，松树照样能生长，这说明它的适应能力非常强。"

这种办法到底可不可行？试验站的工作人员陷入了沉思。

韩树堂说，1953年8月，一位苏联专家来章古台考察，曾提出沙地植松固沙的建议。

这个建议如一根火柴，点亮了站里人沙地植松的梦。

此前的设想，是正确的！

就在大家热切地寻找沙地植松的理论依据时，同年，试验站又迎来了一位重要的客人，他就是我国著名林学家、森林生态学家阳含熙。

阳含熙到章古台考察时，依据《造林学》中介绍的应用欧洲松在沙地造林的理论与技术提出了栽种樟子松的建议。这个建议与试验站科研人员的想法不谋而合。

可是，就在他们即将付诸行动时，却传来了反对的声音。

"沙地植松？这树栽不得，栽也白栽！"一位站外的林业专家听说后，极力反对。

他说得不是没有道理，毕竟这一带沙荒地区从没出现过松树，现有的参考文献也没有这方面的记载。

刘斌却不这样认为。他说："树还没栽呢，怎么知道是白栽？"

那位固执的专家又说："这里不是松树分布区，你们不能违背了自然演替规律。"

"路是人走出来的，试一试才知道结果。"刘斌坚持自己的观点。

听说内蒙古呼伦贝尔有片天然樟子松林，也长在干旱的沙丘上，尤其是红花尔基那一带，不仅面积大，长势也很好，刘斌立即派韩树堂和赵玉章前去考察。

二人不由分说踏上了北去的列车，匆匆赶往位于呼伦贝尔东南部的红花尔基原始林区。到了那里，他们沿着起伏的沙地徒步观测，边记录地貌，边分析樟子松林群落与经纬度、海拔高度、土壤等环境的关系。

带着采集的土壤和植被样品，他们回到了章古台。

经过中国林业土壤研究所课题组专家的对比和分析，最后得出这样的结论：红花尔基土壤干旱瘠薄程度与章古台很是相似。樟子松能在那片沙地成活，就极有可能在这片沙地落户。

可是，红花尔基属于寒温带大陆性气候，彰武是温带季风气候。从高纬度到低纬度，从寒温带到温带，跨越近6个纬度，这场"迁徙"能成功吗？

因为太过强烈的渴望，他们选择性地相信了这种可能性。

科研专家谢浩然正身患肺结核，听说需要樟子松苗，他拖着病躯赶到长春净月潭林场，从那里引进了5000棵。大家将其栽在灌木植物的树丛间。为了保温防寒，提高苗木的成活率，入冬前，他们特意用沙土为松苗盖上了厚厚的"棉被"。

次年春天，他们满怀欣喜地掀开那层"棉被"，没想到刚看到松苗的绿意，卷地风、扫地风、剥地风就接踵而至，那些树苗有的被卷到天上，有的直接被吹断，有的被连根拔起，几乎是全军覆没。

之所以说"几乎"，是因为还有两棵"幸存者"，一棵斜倚着坑壁，另一棵倒伏在树坑里，尚存一丝生命的气息。

这树还能继续栽下去吗？

不栽吧，说实话还真有些不甘心。

栽吧，那就有失败的风险。

要知道，那些树苗可不是大风刮来的，而是花"真金白银"买来的呀！

科研人员动摇了，产生了"收兵罢战"的念头。

不认输的刘斌发了话："栽！不是还有两棵活着的吗！依我看，活一棵是50%的希望，活两棵就是100%的希望！"

这乐观的"老革命"！照这话的意思，好像都能活似的。大家忍不住笑出了声。

"可是，5000∶2，敌众我寡，这不是拿国家的钱打水漂吗？"科研人员心存顾虑。

"谁说这是打水漂？咱们这试验站就是搞试验的，电灯不就是试验很多次才发光的吗，哪一项成功的事业没经历过失败？"

老主任一遍遍给大家打气："失败了由我顶着，你们尽管放开手脚，大胆试验！"

科研人员走向那两棵幸运的树苗，想看看它们究竟以何招法躲过了那场厄运。

他们反复观察对比，没有不同，两棵树苗和其他树苗是一样的。

抓起地上的沙土，他们仔细琢磨，也没有差别。

看着看着，他们发现了细节：两棵树苗所在的树坑均处于背风地，地势相对低洼；同时，风刮来的灌木树叶围在了树苗的根部。

这两棵树苗活了，为什么那些树苗没活？

原因找到了：树坑挖得浅、根扎得不牢、根系暴露得多，上面没有枯草覆盖，所以被风吹跑了。

谢浩然说："深挖树坑，平铺草压，成功的可能性很大。"

树坑深挖，虽说不易，但毕竟可以实现。可沙地面积那么大，如何才能减少草的用量呢？

另一位科研人员赵玉章想出将草围在树坑周边的办法。

林业土壤研究所固沙课题组建议，将草连接起来，形成一张大网消减风力，会更好。

两支科研队伍回到各自的试验田分头试验。他们将一束束枯草一半埋在沙地里，一半留出来做挡风墙。

他们试验着围成圆形。

又围成三角形。

最后围成方形。

真知来源于实践，结果显示：方形稳定沙面效果好。

又一场战役打响了——

科研人员发动周边群众，将"草方格"铺在了一望无际的沙漠上。

有了这张密实的大网织成的挡风墙，风沙老实多了！一棵棵樟子松苗在"草方格"的保护下，顺利地扎下了根，发出了新绿。

为了做到万无一失，技术员王永魁和技术工人在附近搭起了窝棚，随后又搬来了自己的行李。看架势便可知道，不是临时站岗，而是安营扎寨，长期坚守。那段日子里，他们不错眼珠地盯着这片凝聚众人多日心血的试验区。哪棵树苗被风吹摇晃了，立即踩实加固；哪棵树苗被流沙埋住了，第一时间用手扒出来。

一次次，一棵棵，他们的指甲被折断，手掌磨出了厚茧，胳膊酸胀得握不住筷子……但这又算得了什么，只要樟子松苗活着，每个人都觉得值得。

汗水没有白流，试栽成功了！

天然分布在大兴安岭和呼伦贝尔草原沙地上的樟子松在彰武安家落户了，还以80%以上的成活率吸引了众人的目光。

1955年，新中国有了第一片樟子松引种固沙林，这是一次具有划时代意义的胜利。

这凝聚着辽西省固沙造林试验站和中国科学院林业土壤研究所心血的胜利果实被分享到其他沙漠地区。

那一年，中国科学院林业土壤研究所接受了铁道部在西北腾格里大沙漠修建包兰铁路的固沙任务，派正在章古台开展固沙课题研究的李鸣冈担任沙坡头沙漠试验站首任站长。他带领刘媖心等课题组成员远赴沙坡头，将章古台乔木、灌木、草本相结合的固沙经验和"草方格"技术带到那里，不仅锁住了大面积的流动沙丘，成就了新中国第一条穿越沙漠的铁路，更为改善西部环境作出了重要的贡献。

1957年，李鸣冈与刘媖心主编出版的《辽宁省章古台固沙造林试验》，被学术界称为我国早期草原带植物固沙第一部专著，对我国荒漠化地区治理产生了深远的影响。

撕下"沙荒"的标签

1959年到来了。

在1959年秋天的一份《辽宁日报》上,有三段看似平常却无比珍贵的描述——

"丘陵上长着茂密的灌木、细枝袅袅的黄柳、毛茸茸浓绿色的樟子松,显得很有生气。周围虫声唧唧,蜂蝶翩翩,细草铺在林木间,婆娑树影轻轻摇动,好一块沙地中的绿洲!"

这是樟子松林。

"盛夏灼热的阳光,宁静地照射着一座繁茂的果园。一架架的葡萄藤长得又嫩又绿,累累的葡萄挂满枝头沉甸甸地向下垂着,已经快要成熟了。在葡萄园的旁边,黄色的李子,以及苹果、梨,也都散发着阵阵诱人的香气。"

这是果园。

"在林带的绿色屏障保护下,低低的棉花正白花盛开,这里是荚角累累的豆田,那里是长穗低垂的谷地,而那苗壮的玉米则慢慢地摆动着长叶子，上面的玉米棒像胳臂一样有力地向外伸展着，一片火红的高粱，像毛毯一样覆盖在地上……"

这是农田。

这是辽宁省固沙造林研究所试验基地的丰收景象。预期的愿景变为现实，科研人员自然信心倍增。

为给生产提供理论依据，发挥生产示范作用，他们向前迈出了新的一步：探索改造大面积流沙的技术和经验，把科研成果推广出去——

辽宁省固沙造林研究所人员走出试验站，深入农村社队，建立了多个植松经验推广点。除继续利用大一间房、三家子、种子园、兴隆堡、白音花等老科研基点外，还在四合城和后新秋等地建立了新的科研基点，在全县范围内通过科研基点推广本所的科研成果，指导群众进行大面积造林，推动当地林业发展，改善村民生存环境。

为了阻止风沙侵害农田，改善农业生产条件，为沙地营造农田防护林提供科学依据，科研人员深入兴隆山乡赵家村、章古台镇富源村等地。由于常年在呼呼作响的大风中进行实地观测，当地百姓都管他们叫"听风的人"。

有了这些"听风的人"，章古台基点的林草越加繁茂，兴隆堡基点的果园飘出了果香，四合城基点的田地泛起了金黄……彰武，一步步撕下身上"沙荒"的标签。

辽宁省固沙造林研究所地处彰武风沙第一线，许多成果都是在当地设点与当地人民共同努力取得的，彰武自然是最先开花结果之地。

墙里开花，墙外也香。

当时，辽宁省的沙荒地分布在13个市县，为给全省改造沙荒提供科学经验，1959年，试验站在固沙造林定位试验基础上，组成调查小组赴台安、康平、建平等沙荒县进行实地调查。他们顶着野外的风沙走过古河流泛滥沉积而成的细粉粒沙地，走过洪水泛滥冲积而成的粉粒沙地，走过海水冲积及岩石风化堆积而成的中细粒沙地，对沙地类型和土壤植被做了全面的了解。哪些地方应该"四面包围，前挡后拉，分批固定，综合治理"，哪些地方需要"先固后造""固造并进"造林，哪些地方适合封沙育草，他们摸得一清二楚。

调查结束后，他们撰写了22项专题报告，制定了全省固沙造林方案，随后在省内各地的林场和人民公社建立中间试验点，把小面积试验成果及时拿到大面积试验点去示范推广。1965年，在康平、昌图县基础上，先后在建平、沈阳等县市的国营林场和人民公社开展固沙造林示范推广工作，共计建立7处试验点。1974年开始，在昭盟敖汉旗境内建立治沙试验点3处，推广"章古台固沙造林"经验，探讨半干旱沙地固沙造林技术，在沙地植松治理流沙。

试验点都在乡村，交通十分不便。当年，辽宁省固沙造林研究所所长朱德华在昌图县双井子乡做农田防护林效益研究课题时，需要先乘坐火车到八面城车站，再坐马车走15公里路到大洼村，还要步行七八公里路才能到观测点。在观测点一蹲就是一两个月，家里的事情全都顾不上。

平时顾不上也就算了，可妻子临产总该顾得上吧？还真没有。

1965年，朱德华的大女儿出生时，他正和同事高守志在观测点上。高守志让他回去照顾妻子和孩子，他说什么也不肯离开。后来，所里的领导看不下去了，给他下了命令，他这才放下手头的工作回家。回去没两天又匆匆赶回观测点。家里人都不怪他，因为早已经习惯了他不在家的日子。

早已经习惯丈夫不在家的，还有焦树仁的妻子。在承担海防林效

那木斯莱之蓝：彰武 70 年科学治沙实录

益研究工作时，焦树仁在长长的海岸线上，徒步调查、研究整整 5 年，与亲人相聚少之又少。20 世纪 60 年代中期至 70 年代初，他参加农田防护林试验课题和林带设计营造，进行农田防护林增产效益研究。此后，他又承担固沙林中间试验与推广工作长达 10 年。那时，他几个月才能回一次家。妻子一个人照顾不过来家里的 3 个孩子，没有其他办法，焦树仁只好把 4 岁的小女儿带到试验点。为了不耽误工作，他每天早上把女儿放到老乡家里，就种树浇水去了。更令人痛心的是，由于他的"不顾家"，妻子生产时难产，导致生下的女儿患病终身……

这就是试验站人，不管遇到多大的困难，都不曾忘却固沙事业。

在"文化大革命"时期，科研队伍被拆散，造成科研工作停滞不前。老主任刘斌先后两次被迫离开领导岗位。在当时极其险恶的情况下，他想方设法靠近科研人员，为他们加油、鼓劲儿，并再三嘱咐他们："要排除干扰，全身心工作，要坚信党的领导！"临别，他又返回来，补上一句："我们的事业不是为某个人，而是为全彰武县的老百姓！"

看到骨瘦如柴的老主任心里还牵挂着大家，还牵挂着固沙造林事业，科研人员难过得当场痛哭。"决不灰心、决不失望，决不间断固沙科研事业。"他们记住了老主任说的话，在心里对自己说：一定要坚持到最后！

落实党的知识分子政策以后，大家精神振奋，意气风发，决心把损失的时光夺回来。不管是老工程师，还是中青年技术人员，都在争分夺秒地钻研、试验，夜以继日地工作，要在科学技术方面不断攀登新高峰。

1978 年，在新中国成立后的第一次科学技术大会上，章古台"樟子松沙荒造林技术"获得了全国科学技术奖，辽宁省固沙造林研究所获得了"全国科技先进集体"称号。

第二章　一片沙海变林海

3月18日那天，老主任刘斌作为辽宁省林业界的唯一代表，走进了人民大会堂，同来自全国各地的科研工作者一起聆听邓小平同志的讲话，接受了隆重的表彰。

1979年，刘斌离休后，曾任土改工作组组长等职务。新中国成立后也一直在县委、县政府部门工作的白希军同志调入辽宁省固沙造林研究所任书记兼所长。54岁的白希军走马上任后，领导全所职工贯彻落实党的十一届三中全会精神，在落实党的知识分子政策等方面做了大量工作。

接过治沙接力棒的白希军，带领曾在"八百里瀚海"造出松涛林海的英雄们，向着更深更广的科研领域阔步进军。

老主任刘斌说的"高峰"，他们正一步步攀登。

何以见证？

"我想搜索些旧日沙地的痕迹，但目力所及，竟没有结果。"

没有结果，是再好不过的赞美！

来此寻找过"昨天"的人有很多，发出如此感叹的人有很多。

不妨举例说明——

1982年，曾参加过辽沈战役、平津战役、抗美援朝战争的战地记者田原来到章古台。

说"来到"并不准确，应该是"再一次来到"。因为1952年春天，试验站刚刚成立的时候，田原就曾来过章古台采访固沙造林工作开展情况。向内陆纵深侵袭的"黄龙"，卷起狂风沙浪的不毛之地和不果之乡，给他留下了极为深刻的印象。

章古台固沙造林成效如何？彰武风沙面貌改变了没有？当地百姓的生活怎么样了？

这些问号不断在田原的脑海中浮现。

那木斯莱之蓝：彰武 70 年科学治沙实录

　　带着不尽的惦念，田原故地重游。临行前，还特意带上了 30 年前拍摄的照片。

　　接待田原的是工程师赵玉章。当他看到田原手中保存了 30 年的珍贵照片时，感慨万分。

　　他指着其中几张照片对田原说："我陪你去这些地方看看！"

　　田原问："还能找到些历史的足迹吗？"

　　赵玉章回答："到地方就知道了！"

　　于是，他们乘车前往。

　　车子穿过茂密的树丛，只有林间小道扬起些黄沙，茫茫荒漠已被树荫和绿草覆盖了。

　　还没等到地方，田原仿佛知道了答案。

　　当年这里到处都是沙丘，哪有路啊！别说开车，就是徒步都难。

　　在一座瞭望塔前，车子停了下来。赵玉章说："这里就是当年的大一间房沙丘，那些鱼鳞坑里如今长满了樟子松。"

　　他们登上瞭望塔，远望四周。只见樟子松林海向天的尽头铺展而去，几只山鹰正在林海的墨绿与天的蔚蓝间盘旋。

　　赵玉章说："这些樟子松，平均树高 9 米，最高的能达 11 米。这里的森林生长起来后，气候、土壤都发生了变化。过去没有的植物，现在有了，比如金针菜、鲜蘑菇，到处可见。动物也是，像山鸡、野兔、松鼠、蛇、狼等，都比过去有所增加。"

　　"这人造森林方圆多少？"田原问赵玉章。

　　赵玉章说："嗯……面积不好算。我们所在沙地上植松 2.3 万亩；在公社集体所有沙地上，协助指导省内 8 个县区植树 31 万亩；成活总数 7630 万株。"

　　"变化太大了，要不是亲眼所见，真不相信这就是从前的大一间房！"田原发出了感叹。

从瞭望塔走下来，车子继续前行。

他们经过几座村庄，来到林带成网的农田作业区。田野上，长满了高粱、谷子、玉米、落花生、油沙豆，还有绿茵茵的畜牧草地……

赵玉章向田原介绍："这连绵几百里的农田，是农民集体所有。我们帮助合理规划，栽植了林网，保持了水土，防治了风沙。当地群众都叫它幸福林、摇钱树……"

在章古台公社富源大队东林海生产队，他们遇见了73岁的老党员徐会民大爷。

徐会民大爷向田原讲了东林海生产队的故事——

大爷说，东林海生产队原来叫东南场。新中国成立前这一带风沙严重，经常吞没房子，埋没好地。那时候100亩地一年就吞没二三十亩，由于风沙的危害，粮食平均亩产只有50～70斤。农民一年口粮只有100来斤，年年过着半年糠菜半年粮的生活。许多人家由于吃不上穿不上，只好逃荒，卖儿卖女。

新中国成立后，特别是1952年辽西省林业试验站成立以后，开始固沙造林，治住了风沙。在固沙造林研究所的影响和帮助下，富源大队的7个生产队造林带20条，共计6800多延长米。因为气候有了改变，粮食亩产由过去的50～70斤，现在增加到三四百斤。草原也逐步恢复了，畜牧业的发展也很快，社员收入不断提高，每个劳动日都是八九角钱。

林业发展了，社员烧柴、盖房用的梁、檩子、椽子都解决了，过去连个烧火棍都找不到，现在镰刀把、菜板都解决了。

赵玉章说："类似东林海生产队的变化，在整个章古台地区还有许多，只是程度大小不同而已。"

那木斯莱之蓝：彰武70年科学治沙实录

"这说明，固沙造林研究所的科研工作，对提高当地农业生产和人民生活，作出了可喜的贡献。"田原说。

大爷说："还有，果树也长起来了，现在各大队不少社员家都栽上了果树，水果品种也很多，过去连看都没有看到过，现在都可以吃到了。"

赵玉章说："我们的下一站，就是果园！"

驶过一段路面过水的小桥，汽车开进了白杨树环绕的苗圃园林。左侧是一条绿油油的松树苗床，自动喷水机正在喷雾降雨；右侧是一排排枝叶繁茂的果树，许多熟了的果实挂满了枝头，压弯了树枝，散发着诱人的香气。

"真不敢相信，沙漠里能栽活果树！"田原再一次感叹。

赵玉章说："一开始，有好多人像你一样都不相信。"

园艺师孟庆全是果园的园长，他向田原介绍说："这座果园是1953年建立的，是这一带沙荒中第一座大果园。如今，果园共有150亩，3000多棵果树，96个品种，有25亩已经结果了，这几年每年产果量五六万斤。在我们的影响下，现在章古台地区不少生产队社员家也都栽了果树，吃上了自家水果。"

"来，尝尝我们沙地的新品种！"孟庆全从树上摘下新鲜的苹果和甜梨。

那一次，田原不仅品尝到了改造自然的甘甜果实，还看到了"开站元勋"老工程师韩树堂。

这真令人喜出望外！

要知道，早在10年前韩树堂就已退休，被儿女接到了贵阳、西安的家里养老。能够在章古台与老工程师重逢，能不让人感到意外和惊喜吗！

从没有可能到能与其在章古台重逢,原因有两个:一是老人家身体硬朗,还能经受一路上的颠簸之苦;二是老人家对这片土地感情深厚,想念这里的战友,想念这里的一草一木。

第二点尤为感人。仔细想想,在还没有高铁,交通远不如现在便捷的20世纪80年代,一位已经85岁高龄的老人,能登上绿皮火车,跨越千山万水,回到当年的战场,回到亲密的战友身旁,这能不令人感动吗!

这该是何等深厚的情感啊!

感动间,田原拿出当年的老照片请韩树堂辨认。

其实,用不着辨认,韩树堂对照片上的人物和场景记忆犹新。

他指着其中一张,说:"这几位是中国科学院林业土壤研究所的专家。"

"这是林学家刘慎谔。"

"这是李鸣冈教授。"

"这是刘慎谔的女儿刘媖心……"

老人家边看边讲:"辽西省林业试验站刚成立时,他们和我们试验站一起开展固沙试验研究来着。两年后,他们去沙坡头治理大西北腾格里沙漠去了。后来听说,我们的草、灌、乔结合固沙方法和草方格技术在那里派上了大用场呢!"

试验站建在大一间房,所以照片大都拍摄在大一间房。

韩树堂问田原:"你是来过大一间房的,还记得每天早晨第一件事要做什么吗?"

怎能不记得呢?上次来章古台,田原住在一户即将搬迁的农民家里。当时的情景历历在目:他先从窗户上跳出去,清除堵在房门口的流沙,这才走出去。

那木斯莱之蓝：彰武 70 年科学治沙实录

田原说："房东大爷那吓人的顺口溜，我至今还记得呢！"

"一年一场风，从春刮到冬。黄尘遮天日，白日要点灯。遍地流沙滚，草木不得生。谁想把命活，赶紧出火坑……"

再没有比这更真实的顺口溜，当年这里的确是民不聊生。最早踏进章古台的开拓者，不但没有被吓走，反而把吓人的风沙治住了。

是的，他们把风沙治住了。

不仅把这里的风沙治住了，把彰武周边的风沙也给治住了。

离开章古台时，田原留下这样一句话："昨天曾摄下过你的旧貌，今天又摄下了你的新颜，但愿明天再来拍摄你更新、更美的风姿。"

田原的这句话并不是这段文字的结束。

他来章古台那年，正是党的十二大召开的那一年。

党的十二大的胜利召开，给固沙所的科研人员增添了无穷的力量。他们当年按照"全面开创社会主义建设新局面"的精神，制订了继续向治沙科研深度广度进军的具体计划——

从广度来说，在辽宁境内国有沙地固住的前提下，继续与集体农民合作，搞开发性的造林 1.4 万亩、农田和草牧场防护林 1.8 万亩。

从深度来说，在已取得的科学成果的基础上，继续做好定量、定质、定性工作；把人造森林的防护、培育、管理、采伐、利用、混交、更新等工作纳入研究日程，进一步推广栽植果树、发展特产作物、经营林区副业等提高群众经济效益的工作。

为把改造大面积流沙的技术和经验推广到风沙危害和水土流失严重的地区，推动我国"三北"防护林建设工程，科研人员多次深入西北、华北和东北地区。

绿了彰武和辽北的樟子松，又向"三北"一路绿去。

屹立不倒的樟子松

"辽宁林业对全国林业的最大贡献就是在治沙造林方面，找到了一个好树种，创造了一个好模式，进而引导、指导了'三北'地区的林业健康发展。"这是20世纪90年代，时任中国工程院副院长沈国舫到章古台考察时，在座谈会上讲的。

"一个好树种"，指的是樟子松。

"一个好模式"，指的是章古台固沙造林技术。

早在1978年，党中央、国务院作出在风沙危害和水土流失严重的西北、华北、东北地区建设"三北"防护林体系的重大战略决策时，这个"好树种"和"好模式"就已开始踏上了"向'三北'出发"的征程。

那年7月，林业部在陕西省榆林地区举办全国治沙造林学习班，辽宁省固沙造林研究所派赵玉章前往那里讲授"辽宁西北部沙地樟子松试验造林"。令人没想到的是，在赵玉章离开家的第9天，他的母亲离开了人世。有人劝他的妻子给他发个电报，可他的妻子没有这么做,她说:老赵总说忠孝不能两全,他的那份孝心我替他尽了!直到20多天后赵玉章回来,才知道母亲已经去世了。

虽悲痛万分,但赵玉章无怨无悔。

1982年,曾担任过辽西北7个县农田防护林带改造和修补任务的老工程师姜佩瑛再挑重担,带领科研人员把章古台治沙成果继续向其他地区推广。针对干旱地区雨量少、蒸发量大、没有地下水的特点,他们发明出了"冬季栽大坨"的方法。迎着凛冽的寒风,把树用草捆上,蘸足水,栽到树坑里……一棵又一棵,一行又一行,整日整夜地忙碌。

大家看到已经69岁的姜佩瑛不顾年老体衰,跟大伙一起摸爬滚打,都心疼不已,便劝他停下来休息。姜佩瑛却说:"东汉马援能披甲上阵,为守卫国家而南征北战,我为什么不行?"

他情不自禁地接着说:"我不能只要党给的荣誉,不为党尽心效力啊!"

不止一个赵玉章,也不止一个姜佩瑛……

章古台固沙的"好树种"与"好模式"就这样踏上了"向'三北'出发"的征程。

为不断推广技术,有效带动"三北"地区固沙造林,朱德华担任辽宁省固沙造林研究所所长后,在1986年和1987年间举办了3次培训班。在1986年9月举办的第一期培训班中,有来自全国10个省区的32名学员参加了培训。在1987年6月和9月,分别举办了第二、三期培训班,学员共80名。工程师谢浩然、王泽、赵玉章、焦树仁、黎承湘、孟庆全等为学员授课和指导。

科研人员曾多次深入内蒙古赤峰和通辽、黑龙江龙江、青海西宁、陕西榆林、山西大同、甘肃武威、西藏那曲地区等十余地,建立推广基点。他们还结合"三北"防护林建设工程的实际情况，建立了面向生产的技术示范、培训和推广的窗口。

绿了"三北"的樟子松使章古台名扬四海，使其成为"沙地樟子松人工林故乡"和"中国固沙造林重要试验示范基地"的代名词。

然而，就在绿意渐浓的时刻，一件令人意想不到的事情发生了。

1991年夏天，章古台局部树龄最大的樟子松突然枯枝死亡，后来出现流行性暴发趋势，不仅彰武地区如此，康平县、昌图县都出现了这种情况，后来遍及了全省，发病林分占总面积的65%以上。

万顷松林里，风吹松涛的声音被刺耳的锯木声替代了。

回荡在松林里的，还有林业工人的哀叹声。他们含着泪将一棵棵枯死的樟子松伐掉，又含着泪将其搬运走。

望着一棵棵松树的"遗体"离开生长了几十年的家园，科研人员都流泪了。

后来，吉林发生了同样的情况；

再后来，黑龙江也发生了同样的情况。

"三北"防护林建设面临巨大的威胁！

这太令人心痛了！

"将一种并不了解的树种推广到了其他地区。"来自社会上的舆论压力让辽宁省固沙造林研究所背负上了前所未有的巨大包袱。

要知道，多年来，樟子松一直被作为"三北"防护林工程和治沙工作的主要造林树种而广泛栽植。截止到"八五"计划末期，"三北"地区已有樟子松人工林30万公顷，还计划在"九五"计划期间再造林33万公顷。并且，"三北"樟子松主要引种区的自然条件和林分类型与章古台的比较相似，潜伏着林木衰退、染病的危机。如果流行起来，"三北"防护林建设将面临巨大的威胁。

和当年在沙地上栽植松树一样，樟子松枯死现象是我国"三北"地区引种栽培过程中出现的新问题，世界上当时并无直接成果可以借鉴。如果不采取应急措施，樟子松成片枯死的悲剧将越演越烈。

"决不能让辽宁省固沙造林研究所第一代治沙人的心血付之东流！"

"要让万里风沙线上的樟子松屹立不倒！"

在这生死存亡之际，研究所科研团队挺身而出，挑起了这个重担。

这个科研团队的带头人是宋晓东。

如果不是亲眼所见，你不会相信，这个书卷气十足的学者会是利剑直指苍茫沙海，数十载守卫碧海松涛的勇士。

樟子松大面积枯死，惊动了省委、省政府，有关领导作出重要批示，要求尽快查明真相，采取相应的技术措施，解决樟子松衰退枯死问题。

那时，宋晓东正参加联合国援助我国的"中国'三北'地区林业科研、造林、规划设计与开发"林业项目，进行国外针叶树引种和樟子松育种与改良研究。1992年10月至1993年5月，他受委派赴比利时鲁汶大学，学习研究针叶树育种与营林，其间3次去法国考察学习。除了完成项目要求的学习内容外，他加班加点苦读，研究国内出现的樟子松死亡问题。

1993年回国后，他主动请战，加入了樟子松枯死研究课题组。1996年12月，他被调入森林保护研究室，正式领衔相关研究。1996年冬季，因单位在市区的办公楼尚未动工，办公条件受限，为了不耽误观察研究线虫，他把实验器具搬到了家中，家中的门槛被他当成劈木头的案板，弄得百孔千疮。为此，他没少招来妻子的抱怨。

为攻克樟子松枯死的难题，1997年6月，他受国家派遣赴美国留学。为尽早解决这一难题，他充分利用国外的先进技术设备和优越的研究条件，不分昼夜地苦读，废寝忘食地实验。有时做实验人手不够，他就叫上妻子和孩子。他从事的研究不但取得了重要成果，填补了国内空白，而且为国家节省了许多科研经费。

留学期间，他把爱人和孩子也接过去了，有人猜测他一定不回来了，或者至少得推迟两年。但出人意料的是，他拒绝了外国导师的挽留，放弃了国外生活的机会，带着全家于1998年6月如期回国。回国登机时，他们一家人的行李超重，他毫不犹豫地舍弃掉自己的生活用品，没舍得扔掉学习期间收集的外文资料半页，将大量资料完整地带回了祖国。

那些资料对回国后的研究工作起到了重要的参考作用。其中就包括一个极具启发性的发现：在美国宾夕法尼亚，1909年种植的欧洲赤松在1927年发生大面积死亡，致死的原因是松沫蝉的横行。樟子松是欧洲赤松的地理变种，回国后他立即把松沫蝉作为首要研究对象。经过多次"破案侦查"，最终，他将松沫蝉确定为引起樟子松退化死亡的"头号杀手"。

每次回国，他要做的第一件事都是投入野外实验中，而且是立即。顾不上休息，更顾不上探亲，直到把手头要紧的工作都忙完，他这个"狠心的儿子"才回老家看望分别一年多的双亲。

他常说："对父母、亲人、妻子和女儿，我没有尽到责任和义务，这让我感到愧疚。"

其实，他更对不起自己。

他每天不分日里夜里地工作、工作、工作，不间歇地"剥削"自己，因此，课题组的同事们送他一个绰号——周扒皮。

他"剥削"自己的同时，别人也跟着"沾了光"。

这种情况属实。在野外实验期间，他带领团队起早贪黑地干活，中间很少休息。

"他这个'周扒皮'和电影中的不同。"

"怎么个不同法？"

"他和大家一起干，有时比别人还累！"

别人白天干活，晚上能得到休息，他却不能。夜里，他还要查阅资料，为第二天的实验制订计划、准备器具等。

被"周扒皮""剥削"的同事们不仅没有一个怨恨他的，还都对他佩服不已。因为每个人心里都明白，他这都是为了尽快攻克难题，尽快地向世人证明樟子松是"三北"地区特别是防沙治沙的优良树种，所以大家也格外勤奋、格外团结，成果也格外显著。

历经十余年，宋晓东和他率领的团队终于攻克了困扰我国林业的樟子松人工林衰退机理与控制技术理论与实践难题，提出了退化人工林修复与多功能可持续经营技术与模式，并进行了示范推广。他主持完成的"樟子松枯死原因与防治技术"成果有重大突破，达到国际先进水平，获辽宁省科技进步二等奖；主持完成的"科尔沁沙地针叶树引种研究"成果，丰富了治沙造林种质资源，获辽宁省科技进步三等奖；主持完成的"樟子松人工林衰退病生态控制技术研究"成果填补了本领域研究空白，达到了国际领先水平，获辽宁省科技进步二等奖。

第一代治沙人亲手栽下的樟子松没有倒下，经得起风雨的樟子松依然蓊蓊郁郁。

宋晓东坚定地说："樟子松仍是'三北'地区造林不可多得的优良树种。"

他向世人证明了樟子松是我国"三北"地区特别是防沙治沙的优良树种，关键要科学营造、合理经营，完善了我国经典治沙模式之一的"辽宁章古台樟子松治沙造林模式",带动了樟子松造林和种苗产业的蓬勃发展,为林农致富奠定了基础,为我国"三北"防护林工程建设提供了及时、有力的科技支撑。

2011年,担任辽宁省固沙造林研究所所长和党委书记后,他带领科研人员选育出了比樟子松更优秀的治沙树种——赤松,并得到省内外同行和国家林业局的认可;作为牵头单位和领衔人,他联合全国9家科研、生产单位成功申报"国家林业局樟子松工程技术研究中心";争取到辽宁省荒漠系统唯一一个国家生态站——辽宁章古台科尔沁沙地生态系统国家定位观测研究站,争取到国家"十三五"重点研发计划课题并成为主持单位。

7年间,固沙造林研究所荣获省部级奖励4次、市厅级奖励8次,社会影响力大幅提升。国家林草局局长等曾专程到辽宁章古台视察退化林修复和治沙林木良种试验示范林……

2016年底,宋晓东走上了"辽宁好人·最美振兴发展带头人"年度盛典的颁奖台。台上,他眼含热泪代表彰武治沙团队发表感言:"长年累月与风沙搏斗,确实很艰苦。不过,我们当地的沙丘绿了,周边的环境好了,我们感到很幸福!"

2018年年底,宋晓东离开了为之奋斗35年的辽宁省固沙造林研究所,到辽宁省农业科学院科研管理部工作。

在最年轻的时候,在最艰苦的时候,在最有条件留在国外的时候,他都没有离开,现在他为什么会离开呢?

由于全省事业单位改革,原来隶属于辽宁省林业厅的6个林业科研院所划归辽宁省农业科学院,辽宁省固沙造林研究所与辽宁省风沙地改良利用研究所进一步整合成辽宁省沙地治理与利用研究所,班子职数限定4人。为了给原有班子成员安排提供便利,给年轻干部提供机会，他主动提出放弃行政职务，甘愿做一名普通科技人员。

宋晓东虽然离开了，但他并没有停止防沙治沙科学研究，依然牵挂着彰武治沙并为之默默地付出。

2021年12月中旬，省里提出要立项加强防沙治沙科学研究，宋晓东受命牵头准备相关文本。他带领团队加班加点，按时完成了任务。2022年1月中旬，他又受命领衔《彰武防沙治沙规划》编制工作。当时时间紧、任务重、人员少，又临近春节，工作压力相当大。从1月18日接到任务，在之后长达47天的奋战中，他只在除夕那天休息了片刻，其余时间都在"亡命徒"式地工作。后期，他出现了身体不适、心率异常等情况，这些症状是令人担忧的，因为两个月前，比他大3岁的姐姐因心梗离世。即使这样，他也没有退缩，只是把救心丹和硝酸甘油带在身边，以防万一。

他离开辽宁省固沙造林研究所后，继续作为国家"十三五"重点研发计划课题和子课题的负责人，率领团队辛勤工作，使课题、子课题在2022年以优异成绩通过国家验收。2020年，他率领团队取得"樟子松人工林退化修复与多功能经营技术研究"成果，达到国际先进水平，获2021年度辽宁省科技进步二等奖。可以说，他的防沙治沙脚步从未停歇。

叫"彰武"的树

除了樟子松，让彰武闻名遐迩的，还有两种树。

一种是彰武小钻杨，一种是彰武松。

按照时间顺序，先说彰武小钻杨。

说树之前，先说这样一件事。在章古台镇有一个富源村，村上曾有一个南仓小队。之所以用"曾有"，不是后来消失了，而是因为换了另一个名字。"仓"，这个字对农民来说应该备受青睐才对，怎么会换呢？换成什么名字了呢？其中有什么渊源吗？

想想看，在地处沙漠边缘的章古台镇，如果风沙面貌不改，即便用再多的"仓"字也与丰收无缘。如何改？当然是种树。后来，这里真的长满了树。为铭记这一切，当地政府将"南仓"改为了"林海"。

提起这片林海，老百姓都说忘不了一个人，他就是辽宁省固沙造林研究所的工程师王润国。

王润国，1964年从沈阳农学院林学专业毕业后来到章古台。刚来时，他对这里的气候很不适应，手被吹得裂了口子，嘴唇被吹得掉了好几层皮。他的妻子更是严重，因水土不服，得了甲状腺肿……

当时曾有人担心过：面对这样的困难，他还能坚持下来吗？

他用自己的实际行动做出了回答：能！

他不仅留下来了，还挑起了重担，承担起农田防护林的研究课题。试验点就选在富源大队的南仓小队。那里距离他的住处有七八公里远，他常常是天不亮就从家里动身出发。到了试验点，栽种树苗、查看苗坑、修整树枝，每天忙得团团转。

一位和王润国打过交道的老辈人说："沙地的春天比其他地方来得晚，即使到了四五月份，冰雪也没有完全融化呢。那时正是栽种树木的黄金季节，为了赶进度，王工程师二话不说，挽起裤脚就迈进还带有冰凌的泥水里，把一排排的幼苗整整齐齐地栽到各个地块。"

彰武人是懂得感恩的，无论岁月多么久远，总能记得别人的好。

林海中，有一个新树种，它使富源村变富了。这里的村民逢人便说，我们的好日子是从"富源"开始的！

"富源"不是一个村吗？难道另有所指？

原来，"富源"也是一种树，是王润国培育出来的。

为彻底改变当地土地贫瘠、生活贫困的状况，20世纪70年代中期，王润国结合农田防护林的研究课题，开展了适合当地生长的杨树选育工作。经过多次研究试验，他从上百株土树种中筛选出一株理想的天然杂种。因这个树种诞生在富源村，又因科技工作者盼望着农民早日富起来，所以就有了寄托美好愿望的"富源1号"这个名称。

在此基础上，王润国又成功选育出杨树"富源4号"。

1983年9月1日，辽宁省林业厅召开了一场鉴定会，这个新树种通过了专家们的鉴定，被命名为"彰武小钻杨"。

为这棵树命名的是我国著名林学家王战。早在1953年，辽西省林业试验站刚刚成立的时候,他就曾与老师刘慎谔来到章古台建立试验点,开展了两年之久的固沙试验研究。他深知在沙地上培育树种的艰辛,所以在起名时,他说:"这种杨树是由彰武的科研人员们钻研出来的,就叫'彰武小钻杨'吧!"

这是一种铭记与感恩。

辽宁章古台的彰武小钻杨如此,湖北神农架上的那座"王战桥"也是如此。

王战桥,当然与王战有关。1943年,在神农架还是一个谜的时候,当时的政府以"神农架究竟有没有野人?森林资源情况如何?"为题,决定派以王战为首的考察团进行实地探险考察。农林部负责人找他谈话时说:"神农架是一个原始林区,有野人和毒蛇猛兽,十分危险……你敢去不?"王战干脆地回答:"作为一个林业工作者,为国家考察一块处女地,寻找森林资源是何等重要的事情,还谈什么敢不敢呢!我愿意担当这个任务。"于是,他带领中国第一个考察神农架的探察团走进那片神秘之地,并且发现了活化石——水杉,为后人开发神农架提供了依据。后人为了纪念他老人家的功绩,将其中的一座桥命名为"王战桥"。

敲响春天的彰武小钻杨和王战桥一样家喻户晓。

它成为辽宁省西部地区杨树造林的上好树种,仅在阜新地区推广面积就达到了75万亩,可以说为林业育种事业作出了突出贡献。

接下来说彰武松——

彰武松,高大常绿乔木,具有速生性、抗旱性、抗寒性和耐盐碱性,特别是无明显病虫害的特点,是彰武松繁育第一人黎承湘及其科研团队的科研成果。

有关彰武松的诞生,还有一段传奇。

那木斯莱之蓝：彰武 70 年科学治沙实录

时光退回到 1990 年，在松果成熟的 10 月里的一天，辽宁省固沙造林研究所工程师张树杰像往常一样忙着收集松果。一个村民扛着一大麻袋松果走了进来。张树杰从中拿出一颗看了看，接着又拿出一颗，拿到第三颗时，确认道：嗯，质量不错，都留下吧，又可以培育一批优秀的小松苗了！看得出，这次的收购让他感到很满意。村民已经走远了，可他的目光一直没离开那些松果。

记得诺贝尔生理学或医学奖获得者埃里克·维斯查斯在一次演讲中说，科学源于发现。而这种发现绝非偶然。可以说，张树杰的好奇与发现源于他多年的工作经验和对于树种差异的异常敏感，或者说，源于责任心，这样说更为准确。他的责任心为一个重要的优良树种的诞生提供了保证。

他从无数个种球中发现了一个与众不同的种球。他把它拣了出来，左端详，右端详。收购这么多年，还是头一回碰到这么大个头儿的。他来不及再想其他，急匆匆骑上自行车追赶那位村民。他找到了那位村民，向他询问种子的来源。村民说松果是从家附近的山上采来的。张树杰立即前往那座山，像寻宝一样找到了那棵松树。

为了研究这棵难得一遇的"宝树"，高级工程师黎承湘组建了技术攻关小组。

黎承湘，1937 年生，湖南资兴人。1956 年，他从成都气象学校毕业后，连老家都没回，直接背着行李踏上了开往章古台的列车。他曾先后承担过章古台地区气候、农田防护林小气候、固沙林小气候、樟子松造林试验及抗逆性的研究，系统、深入地研究了樟子松对土壤、气候的适应能力，提出多项抗性指标，为"三北"地区发展樟子松种植提供了科学依据。

此次，在辽宁省固沙造林研究所奋战了几十年的黎承湘再次出征，带领团队开始了漫长的科研之路。

刚开始，他们认为该树种是赤松的杂交变种，也有人认为其是赤松的优良变种，还有人认为是赤松的天然杂交新变种。后来，他们采用分子标记技术对该树的形态特性、生物学特性、生理特性和起源关系进行了系统研究，终于找到了这棵"宝树"的近亲。从树皮颜色、针叶形态、分枝角度、球果着生方式及种子颜色等性状看，这棵树的亲本可能是樟子松、油松和赤松。

这棵树到底是怎么来的？科研人员一次次推测，一次次研究，一次次向谜底靠近。他们对彰武松的子代表现做进一步分析后发现——彰武松是个杂交树种。

据科研人员介绍，在1990年发现彰武松之后，科研人员从新发现的彰武松原株上采集嫩枝接穗，在早期栽种的樟子松幼树上进行嫁接，形成了彰武松嫁接苗。1993年，他们又在章古台试验区对彰武松和樟子松进行了造林对比试验，发现彰武松吸水能力强，叶体内贮藏水分多，在生长季节蒸腾速率日变化呈现"午休型"，即使在春季旱情最为严重的年份，彰武松依然能够保持正常生长。

与樟子松相比，彰武松更适合在半湿润草甸土区、半干旱褐土区和风沙土区生长，发生病虫害的概率也会极大地降低。

这是一个令科研人员无比惊喜的发现！

前面说过，当时的樟子松正遭遇着一场灾害：因为水分失衡、气温偏高、灾害性天气和林分密度过大等原因，大片的樟子松林正发生松枯梢病，曾为"三北"地区创造了极其显著的生态、经济和社会效益的第一代樟子松示范林出现了生长衰退问题，并逐渐遍及全省和"三北"地区，以固沙造林闻名于世的辽宁省固沙造林研究所面临着巨大的考验。

彰武松繁育试验的成功，怎能不让一筹莫展的科研人员眼睛为之一亮呢！

2007年，彰武松通过省级林木良品审定。2009年，彰武松荣获了中国第二届沙产业博览会实用技术奖。

作为沙地新良种，彰武松在彰武县的示范林面积不断扩大，在朝阳建平、沈阳新民等地均有推广，在黑龙江龙江、内蒙古敖汉旗、山西大同、陕西榆林、甘肃民勤等地也已蔚然成林，发挥着巨大的防风固沙的功用。

2016年，彰武松作为久绿树种，带着"为北京寒冬延绿添色"的光荣使命走进延庆冬奥场馆。2022年，为冬奥会加油的彰武松再次走进了人们的视野。

于中国万里风沙线上闪耀着独特光芒的彰武再一次被全世界看到。

|第二章| 一片沙海变林海

一棒接一棒跑下去

"我们要秉承老一代人科学创新、忠诚担当、无私奉献的优良传统，大力发展现代生态农业，实现生态美，助力农民富，赋予大漠风流新的时代精神！"

2018年8月，辽宁省固沙造林研究所与辽宁省风沙地改良利用研究所整合组建为辽宁省沙地治理与利用研究所（简称"沙地所"），所长于国庆刚上任就讲了这段话。

话虽简短，却开启了沙地所踏上新征程的篇章。

几年来，以于国庆为代表的沙地所科技工作者，积极践行习近平生态文明思想，大力弘扬大漠风流精神，为创新彰武生态建设模式作出了重要贡献。

在彰武治沙这部绿色传奇中，沙地所人洒下了辛勤的汗水，他们中的每一位都值得敬重。

20世纪50年代初，以刘斌为代表的几代固沙人，在既无前人经验可以借鉴，又无中外资料可供参考的情况下，探索出"以灌木固沙为主，人工沙障为辅，顺风推进，前挡后拉，分批治理"的一整套治沙方法，填补了中国灌木治沙史的空白，开创了用樟子松人工治沙的先例，带动我国"三北"地区樟子松固沙造林超千万亩，使章古台成为全国最大的樟子松特色种苗基地；总结选育出彰武小钻杨、彰武松、樟子松优系 GS1、沙地赤松等林木良种，取得樟子松沙荒造林技术、章古台固沙造林等林业科研成果 124 项，获奖 85 项。

20 世纪 60 年代初开展风沙地改造利用的研究工作，明确了农林牧结合发展思路，初步提出农业占 30%、林业占 40%、牧业占 30% 的发展比例。主要采取"植树造林、保护农田，改良土壤、培肥地力，开发水源、灌溉农田，合理耕作、轮作倒茬，适地适种、选用良种，风沙寒地栽植果树，农牧结合建设草原"等 7 项措施，历经 20 年，使过去的荒滩变为林成网、田成方、农林牧结合初具规模的风沙地改良利用综合样板，为沙区农业发展起到示范引领作用。该项研究 1985 年获国家科技进步三等奖，填补了我国风沙地改良利用研究方面的空白。取得风沙地改良利用综合样板建设研究等农业科研成果 143 项，获奖 91 项。

进入 21 世纪，随着新时期产业结构调整，开始了沙地现代生态农业研究工作。在原有风沙地改良利用综合样板建设研究基础上，确定本地区为风沙、易旱、冷凉这一特定类型区域，将以杨树为主的针阔混交防护林改造为针混或绿化树种的防护林，并提出以果树为二级生态防护林的立体栽培模式，开展了林果草、林果药、林果经、林果粮等复合经营模式和草食家畜为牵动的林果草畜循环农业研究，以及林果粮草畜复合关键技术的研发推广……

他们以"咬定青山不放松"的韧劲和"不破楼兰终不还"的拼劲才把风沙赶跑，才使不断奉献"彰武智慧"的沙地所走在全国治沙的最前沿。从20世纪50年代至70年代固沙造林、80年代至90年代固沙造林成果全国推广和风沙地改良利用，到21世纪的沙区生态恢复与现代生态农业，这三个治沙阶段就如同一场接力赛，一棒接一棒，从未停止。

辽宁省固沙造林研究所的开拓者刘斌、韩树堂、王泽……辽宁省风沙地改良利用研究所的开拓者李尊义、赵瑞春……哪个不是在这片热土默默耕耘，从青丝到白发……

接力棒，科学的接力棒，担当的接力棒，奉献的接力棒。

沙地所教授级高级工程师吴德东曾写过一篇名为《章古台的治沙"接力棒"》的文章。他在文章中这样写道：

"谢浩然先生是樟子松、油松沙地造林试验课题组的负责人，经过连续4年努力，使樟子松、油松在这里安家。他在试验中严谨细致，对语言精练程度要求也近乎苛刻，我的第一篇文章请他审阅，改后仅剩9句话。他的精益求精，为我的科研之路立下了最初的标尺。

"姜佩瑛先生是老所长刘斌请来的防护林专家，不管风沙多大，冻土多厚，他都和大家一样忙碌在造林工地，浑然忘记自己是年过花甲的老人。在承担沙地草牧场防护林课题研究的同时，他还写出了《阜新地区发展林业与牧业关系刍议》等6万余字的论著。70多岁的他坚持天天学习，并尽可能给予我这样的'小辈'更多关怀指导，帮助我打好认识草场植物的基本功。每天，我从草场采回植物到他的住处，再带着他写好了科、属、种的标本回到宿舍，辨认、记忆、晾晒……经过近8个月的努力，我终于完成了沙地276种草本植物的识别。

"王永魁总工程师是我遇到的第一位有国家级突出贡献的专家，灌木固沙方法就是他与韩树堂先生一同首创的。刚到章古台工作时，

那木斯莱之蓝：彰武 70 年科学治沙实录

他只有 23 岁。从酷暑到严寒，他做了 822 次观测记录，终于揭开了流沙活动的规律。与他交谈，我总能解开学术中的疑惑，从他的智慧中汲取科研精华与生活营养……"

写这篇回忆文章时，是吴德东参加工作的第 35 个年头。35 年，应该说时间不算短，他之所以一直铭记在心，是因为其中有照亮自己的火把。作为追随者的吴德东从一位位导师手中接过火把，一路披荆斩棘，取得了"辽宁省防沙治沙示范区建设模式的研究"等多项既有开创性又有实践性的重要科研成果。

在沙地所的绿色方阵中，还有这样一对夫妻，他们也像吴德东一样，以继承的方式来纪念治沙前辈。丈夫叫吕林有，妻子叫赵艳。一位"草博士"，一位"草夫人"，二人联手在沙地上打造出一大片人工草地。

偃麦草、老芒麦、百脉根、冰草、甘草、披碱草、聚合草……

百余亩地，上百种草。

在外行人看来，这片草地也许就是一抬头的瞬间望见的千篇一律的绿。殊不知，一个"绿"字的背后是他们上千个日夜付出的千般苦。

是翻地吗？是撒种吗？是浇灌吗？是养护吗？

不全是。这仅仅是其中可以忽略不计的一部分。

我们应该走近那些草，问问它们从哪里来。

在此安家落户的每一种草都是"众里寻他千百度"，有的甚至是漂洋过海而来。

多年来，对草情有独钟的"草博士"从国内外收集了 400 多种草种。为了寻找适合沙地生长的优良草种，他从庞大的草种群中筛选出 120 种"优等生"进行沙地生存试验，通过反复试错，最终优中选优确定了 32 种。

这些草，有的是"草夫人"从内蒙古大海捞针般引进的。为了摸清沙地植物的分布规律、生长习性和遗传背景等情况，她和同事不顾路途遥远，到赤峰地区，徒步进行草地植物资源调查，在野外的样区一忙就是40多天。

他们采集制作了7000余份植物的新鲜标本，历经筛了又筛、选了又选，周期漫长的试验，完成在辽西北生态系统中进行人工草地高效种植与精细管理技术研究的课题，取得的成果为彰武种草治沙提供了科学的理论依据。

如此熬心费力的治沙科研之路，有人埋头苦干了半辈子仍觉得不够，又把接力棒传到下一代手里。

曹怡立就是被父亲手拉手引领到这条漫漫长路上的。

高考那年，她遵从父亲的意见报考了水土保持与荒漠化防治专业，2014年大学毕业，在大多数同学都远走高飞时，她和父亲并肩走进了章古台。

作为沙地所的子弟，她不会不知道选择这里意味着什么。作为已经在所里工作了几十年的人，他的父亲应该比谁都清楚一个女孩子常年与沙和树打交道所要付出的代价。

但父亲说："治沙是一场长跑接力赛，需要一棒接一棒跑下去！"

女儿也听见了自己的内心，说："我既然接过了这个接力棒，就要跑出加速度！"

从事森林培育研究工作离不开造林，要想造林必须熟悉一粒种子或一段枝条育成新苗木的整个过程。为了尽快胜任角色，她一次次走进樟子松防护林。林地是杂草丛生、蚊虫肆虐的地方，即便戴口罩、穿高帮鞋、扎紧裤脚，照样会被枝条划伤，被蚊虫叮咬。渗着血的划痕、肿胀的红包，她的身上常常会挂上这样的"功勋章"。

除了忍受这些，她还要忍受饥饿。因为防护林距离驻地远，无法按时回去吃饭，加之草地如厕困难，出发前她饭不敢吃饱，水也不敢多喝。

看着她长大的长辈担心地问："能坚持住吗？"

她满不在乎地说："以前所里的叔叔阿姨不知要比这苦多少倍呢，我这点苦不算什么。"

谈到这些年轻人，沙地所所长于国庆自豪地说，所里的年轻人都很了不起，因为执着于这项事业，带着硕士的高学历跑来农村，为实现生态效益和经济效益双丰收，付出了很多辛苦。

被村民视为"行家里手"的张宇，自小生在一个贫困的农民家庭，十年苦读好不容易考上了大学，有了改变命运的机会，可令人意想不到的是，她没有走向城市，而是在"脑子进水"的质疑声中搞起了科学种田。

一年当中，她有三分之一时间都是在田间地头度过的。看着她整天满脸风沙混着汗水弄得跟泥猴似的，村里的大妈大婶心疼地劝她："丫头，你这得啥时是个头儿啊？趁年轻赶紧换个工作吧！"

她笑着回答："做任何一件事都得这样一步一个脚印地走，只要能帮农民闯出一条致富路来，再苦也值得！"

类似的例子还有很多。有的科研人员教村民种树，有的教他们种植草药，还有的教村民种苜蓿草喂养牛羊，这些技术不仅在彰武有序铺开，在省内其他地区也得到了推广。

2021年9月，在辽宁省第四届"中国农民丰收节"活动中，以"小粒花生，绿色生产；做大产业，共谋发展"为主题的首届阜新花生节列居其中，阜新花生以"蛋白质中含有18种氨基酸，无农药残留，无重金属污染，无黄曲霉素"赢得了中国工程院、中国农业科学院等机构知名专家学者的一致赞叹。

这一符合出口欧盟花生质量安全技术规程的优质花生正是担任阜新花生产业联盟秘书长的于国庆带领他的"花生团队"培育出来的。

可能有人会问，种花生不是导致土地沙化的重要原因吗？

这一点，从沈阳农业大学毕业后就一直战斗在农业科研第一线的于国庆当然清楚。

针对风沙干旱地区生态环境脆弱、严重制约农业生产和农村经济发展的瓶颈问题，"花生团队"采取"间作套种"的方法在沙地上进行花生种植。这样既可选育花生新品种，又可以改良土壤，同时还能发挥防风固沙作用。近年来，沙地所副所长王海新和课题组成员一项接一项展开探索，成功开发出了与玉米间作、与高粱间作、与牧草间作、与果树间作的升级版，探索出了生态修复助推沙区百姓致富的新路子。

为更好地向周边农民提供全方位的技术指导和服务，2017年，于国庆牵头组建了省级"于国庆联合创新工作室"，融合阜新市农业战线的10位优秀劳模代表，和辽宁省农业科学院的林草、花生、畜牧、粮食等6个专家团队，充分发挥人才积聚作用，通过科技服务和成果转化，打造八大基地，扶持新型农业经营主体，助推一、二、三产业融合发展。在专家团队的指导下，高产栽培示范推广田创下了亩产超千斤的纪录，获得大丰收的农民们喜笑颜开。

彰武治沙事业的接力棒代代相传，接得好，跑得更好。

水有源，树有根，这一切靠的是什么呢？

当打开沙地所的所志，你便会从中找到答案。

这上面记录着沙地所的历史沿革：1952年4月，辽西省林业试验站成立；1978年10月，更名为辽宁省固沙造林研究所，隶属辽宁

那木斯莱之蓝：彰武 70 年科学治沙实录

省林业厅；1963 年 6 月，辽宁省风沙地改良利用研究所成立，隶属中国农业科学院辽宁分院；2018 年 8 月，经辽宁省公益事业单位改革，由原辽宁省固沙造林研究所、原辽宁省风沙地改良利用研究所整合组建辽宁省沙地治理与利用研究所，隶属于辽宁省农业科学院，成为一家公益类综合性农林科研单位。

随着时代的发展，沙地所的名称在变，隶属关系在变，但有两点从未曾改变：这个科研机构还在彰武，科研人员始终没有离开这片热土，大漠风流精神一直在延续。

近几年来，沙地所党委以党建带队伍，稳步推进生态建设等中心工作，取得科研成果 30 余项，为地方政府和百姓提供科技服务；带动超过 3 万人次参与生态环保实践活动，被各级官方媒体和网站宣传报道 300 多次。

2020 年，沙地所人作为全省广大劳动者的优秀代表，集体荣获"辽宁好人·最美职工"称号。同年，沙地所固沙造林科研团队事迹入选国家林草局首批"践行习近平生态文明思想先进事迹"。2021 年，固沙造林科研团队作为习近平生态文明思想学习典型被大型系列主题电视访谈节目《绿色中国云对话》专题报道。

2022 年，沙地所又在章古台基地的试验站内营造了辽宁省第一片碳中和林。

为推动党和国家的碳达峰、碳中和目标实现，落实辽西北防风治沙固土 3 年行动，探索可商业化发展的森林经营模式，沙地所于 2022 年 3 月启动了碳中和林项目。那时的北方，春天还没有真正回返，但这些并没有阻碍项目实施的进程。他们按照公园设计理念，结合"六五环境日"主题活动会标，采取"针、阔""乔、灌"均有的混交造林模式，栽植了防风和景观效果好的樟子松、彰武松、元宝枫、蒙古栎、暴马丁香等，可以说是章古台70年防风治沙固土树种的一次集中展示。在施工过程中，因受疫情的影响，他们遇到了很多设计的树种不能进场、相关设计人员不能离开阜新、现场设计需要时时调整等意想不到的问题，但他们与困难作战，与时间赛跑，终于在3个月内完成了任务。

2022年6月5日这天，在"六五环境日"主题活动现场，揭晓了2022年"美丽中国，我是行动者"十佳公众参与案例，阜新市生态环境局推送的沙地所"沙地生态守护行动"榜上有名。

"作为新一代的治沙人，我们一定会在习近平新时代中国特色社会主义思想指引下，不忘初心、牢记使命，与当地政府和人民一道，用实际行动传承大漠风流精神，弘扬生态文明理念，践行绿色低碳生活，筑牢我国北方的生态屏障。"沙地所所长于国庆如是说。

这番话，让人想到一个词——战友。每一位沙地所人都是以刘斌为代表的第一代治沙人的"战友"，虽然隔着遥远的时空，但有一根内在的线贯穿于他们的生命之中，那就是连接昨天、今天和明天的生生不息的治沙魂。

一代接着一代干。70年来，彰武县依托沙地所等科研单位，将植树作为治沙、挡沙、阻沙的最有力举措，大力实施"三北"造林、百万亩国土绿化等工程，全面建设防风带、阻沙带、固土带，打造了阻挡科尔沁沙地南侵的坚实"骨架"。

"以树挡沙"，有效阻挡了科尔沁沙地南侵的脚步，实现了由"沙进人退"到"人进沙退"的历史性转变。

| 第三章 |

与久别的
草原重逢

　　彰武，在历史上因生态优良而成为皇家牧场，在新中国成立前因荒漠化而萧条。2018年以来，彰武县在习近平生态文明思想的指引下，从系统工程和全局角度寻求新的治理之道，大力实施草原生态恢复示范区建设，打造出了山水林田湖草沙交相辉映的"七彩草原"，生动地诠释了"绿水青山就是金山银山"的发展理念。

走在去往草原的路上

草，得一行一行种。

走向草原，是相当漫长的过程。

自 20 世纪 50 年代辽西省林业试验站成立，科研人员就已经开始探索以乔、灌、草结合的方式治沙。经过多年的实践和推广，彰武地区出现了零星分布的草山草坡，流动沙丘逐渐变为半固定沙丘。

一个"半"字，让"固定"二字充满了不确定性，因为它还是会移动的。介于流动沙丘与固定沙丘之间的半固定沙丘，移动速度较固定沙丘快，较流动沙丘慢。过渡好了是固定沙丘，过渡不好还是流动沙丘。要想让其转变为固定沙丘，一不能让植被遭到破坏，二是需要增加植被覆盖度。

20 世纪 80 年代时，彰武县成立了草原管理站。站里最初只有五六个人。无边无际的沙地，几个人的力量显然极其单薄，后来队伍逐步扩大，到了 20 世纪 90 年代，县、乡两级已形成百余人的草原治沙团队。

"那是一支非常'皮实'的队伍！"重忆当年，曾担任过草原管理站站长的齐凤林感慨万千。

"晴天一身汗，雨天一身泥。"

"顶着雨干活？"

"春天一到，天天盼雨天，雨天风小，地面湿润，草籽不会被刮跑，出苗率高。"

那时种草以撒播和条播为主，后来出现了飞机播种。飞机播种是省力、高效的种草方式，能收到事半功倍的效果。当雨季到来，飞翔的"大鸟"便开始在低空来回盘旋，在大冷镇小面积试飞，出苗后再视生长情况进行补播。

老播区绿了，新播区也绿了。

这仿佛是一个开始。

彰武地处科尔沁沙地南缘，风多雨少，常年以干旱为主，土壤多为风沙土或风蚀土。这种土质渗透性强，蒸发量大于降水量，土壤贫瘠再加上水分储存不住，植被难以生长，沙丘也自然难以固定。

"沙子撵着人走"，这是发生在彰武北部乡镇的一个真实故事。

1996年，国家相关部门的一个工作组到阿尔乡镇北甸子村考察，得出了这样的结论：不适合人居。此后，他们还提出了整体移民规划。

北甸子村党支部书记董福财说："脚下的这片土地是老祖宗留下来的，这是我们的根，我们决不离开！"

北甸子人没有撤离，他们要与风沙一决高下。

沙子，从三面包围到半包围，气焰削减了一些。

2002年，彰武草原管理站在辽宁省畜牧局的技术支持下，选择在草原生态环境差、生产力水平低的乡镇展开一系列草原沙化治理试验。

在流动、半流动沙地和重度荒漠化草地实行用刺线全面围栏封育治理；

在植被稀疏的沙丘地块上多品种混合补播抗沙耐旱的草种；

采用生物药品及鼠夹、鼠笼等物理措施防治草原鼠害，采用高效低毒的化学药品防治各种害虫……

都说春种秋收，在沙区这里却难实现。角逐多年的草与沙，二者比例悬殊，也就是说，草，并不占据优势。

"一座座沙丘，跟水里的瓢似的，按住这个，起来那个。"

面对风沙的顽疾，草要想成为赢家，太难了。

被科尔沁沙地侵蚀大面积耕地，草原荒漠化程度严重，大部分地块处于零植被状态，能不难吗！

难，不只彰武难，整个辽西北都难。由于干旱频发，水土流失严重，荒漠化面积已由20世纪80年代的800万亩扩大到近1800万亩，辽蒙边界已形成一条西南—东北走向，长约600公里、宽达70公里，总面积约4.2万平方公里的风沙危害带。

当时，全省沙化土地总面积为230.15万公顷，占全省土地面积的15.6%，这些沙化土地大多分布在辽西北地区。气候干旱，草原沙化，生态恶化，不仅严重制约了当地经济社会的可持续发展，也对全省及京津冀地区生态安全造成了严重威胁。

最困惑的时候，也是紧锁的眉头即将舒展的时候。

2008年，辽宁省委、省政府从保护全省生态安全，促进全省尤其是辽西北地区经济社会快速发展的战略角度出发，提出在辽西北沙化严重的5市10个半农半牧县(市)实施草原沙化治理工程。那年6月，辽宁省委、省政府召开了专题会议，审议并通过了《辽西北草原沙化治理工程建设方案》，计划2009—2011年在10个县(市)每年

那木斯莱之蓝：彰武70年科学治沙实录

治理沙化草原100万亩，3年治理300万亩。

处于科尔沁沙地南部，生态较为脆弱，发生沙尘暴最多的彰武县，作为辽西北草原沙化治理主战场，率先实施了辽西北草原沙化治理示范工程。

地形地貌不同，土壤条件存在差异，得先将工程区分类。哪些是沙化类型区，哪些是荒漠化类型区，哪些是严重退化类型区，要做到有的放矢才行。沙化类型区采取补播抗沙、耐旱、适应性强的草种，每年补播2～3次，提高植被盖度，确保治理效果；荒漠化类型区采取围栏封育结合降水情况多次补播，确保种得活、保得住；严重退化类型区则是以刺线围栏封育为主，适当补播，加速草原植被恢复……彰武先行治理的3.4万亩沙化草原示范工程，得到了上级的认可。

2009年，辽西北草原沙化治理一期战役即将打响！

面对前所未有的大好机遇，彰武县委、县政府科学谋划、扎实推进，把此项工程作为生态县建设的重点。针对彰武特殊的地理环境及严重沙化草原的分布状况，选择与内蒙古毗邻的乡镇为核心区，筛选面积大、生态作用突出的草原作为治理重点实施草原沙化治理。工程共涉及阿尔乡、章古台、大冷、大德、后新秋、四合城、大四家子、苇子沟、兴隆山9个乡（镇）。

为实现预期目标，科技人员在施工前多次深入治理区进行踏查和作业设计。对工程区采用GPS实地测量，测算围栏所需物资数量，根据草原沙化程度确定补播模式、混种比例和用种量。为保证工程建设顺利完成，县里多次派技术骨干参加由省里组织的相关技术培训，学成归来再逐级培训，使每一位施工人员都能熟练掌握补播、围栏等技术要点和作业标准。

播种作业通常赶在入冬以前完成，为抢抓时机，大家每天天不亮就带着工具到治理区，太阳落山时才收工。播种前，要对工程区进行鼠害防治，以减少鼠害对工程区草原植被造成的破坏；为防止浪费种子，技术人员要对机械进行多次调试才行。

播种完还不算完，一要查看苗情，二要跟进围封工程。为及时了解播种效果，技术组人员深入现场进行出苗率和保苗率调查，分析造成出苗率低的原因。伴随补播工程的，还有围封工程，目的是确保工程区免遭人为及牲畜的破坏。

沙地种绿，棵棵艰辛。为保护草原生态治理成果，各工程区所在乡镇安排专人负责巡逻。赶上草原防火期，还要增加工程区巡查次数。

治理区植被盖度、产草量及草层高度都有了提高，原来的流动沙丘和荒山秃岭一点点被绿色的草原植被所覆盖。

趁热打铁，乘胜追击。为继续实施辽西北草原沙化治理工程，实现到"十二五"计划期末全部完成辽西北地区尚存可治理的400万亩沙化、退化草原治理任务，2012年，辽宁省委、省政府决定再利用4年时间在康平、义县、阜蒙、彰武、建平、北票、朝阳、凌源、喀左等12个县、市、区实施辽西北草原沙化治理二期工程，每年治理100万亩沙化草原。

又一个大好时机来临，彰武人明白这意味着什么，他们愿意为改变家园面貌而战，做无比光荣的战士。

2012年11月，中国共产党第十八次全国代表大会在北京胜利召开。十八大报告指出，把生态文明建设放在突出地位，融入经济建设、政治建设、文化建设、社会建设各方面和全过程，努力建设美丽中国，实现中华民族永续发展。

彰武人接续奋斗的信心更加坚定了。他们在总结一期工程建设成功经验的基础上，进一步完善工程设计、施工监管、检查验收等技术规范和管理办法，积极探索适合本地区的建设模式，不断总结围栏封育、优良品种、适时播种、鼠虫害防治等技术成果，及时解决工程建设中遇到的问题。

工程建设取得了显著的成效。

口说无凭，有据为证。

当时的监测结果显示：工程区植被盖度为91%，比对照区增长了2.3倍；植被高度为66.9厘米，比对照区增长了4.8倍；干草产量为每公顷3064公斤，比对照区增长了3倍，工程区每年可增产牧草3400万公斤。沙丘顺风滚动的距离由治理前的1.2米左右，下降到0.3米；风蚀沙道数由治理前的26条降到6条；风蚀点和流动沙丘也由治理前的218个降到62个。草原植被厚度不断增加，物种数量由治理前的247种增加到312种。

紫花苜蓿、草木樨、蒿草……茂盛的绿草担当起固沙防尘、保持水土、涵养水源的生态功能，北部9个乡镇、54个村、157个工程区，总面积55万亩的草地生态环境得到了明显改善，工程区及周边地区生态环境也发生了明显的变化。

"汗洒荒丘三尺深，足行到处绿成云"，草原治沙团队让昔日的沙地披上了锦装。

风沙线上的缩影

风起,沙又落……

风起,沙又落……

风起,沙又落……

高处内蒙古高原袭来的风沙,低处柳河夹带的泥沙,加之北部沙区厚达百米的沙层,仅这三点就足以为前面这"一咏三叹"做注脚。

2016年,彰武再度出现扬沙天气和沙尘暴,其中,以最大风口柳河沿岸最为严重。

县委书记刘江义见状,特意选择在风沙最大的天气带领相关部门领导走到河岸,开展了两次特别的"出游"活动。

第一次"出游"叫"风口吹风"。

他们沿着柳河沿岸跋涉,狂风卷着黄沙,猛吹"出游"的他们,也猛吹着经过这里的本地人和外地人。

后来,风沙大得连人影都看不清了。有人说:"这也太遭罪了!"

是彰武人没治理吗?

不是。

彰武人始终都在治理。在柳河两岸栽松树、栽杨树、栽柳树……栽了几十年的护岸林，还是一筹莫展。

栽树种草组合，如何？

"柳河沿岸都是沙子，根本没法种，也长不出来。"

"要是枯水期遇上强风，河床裸露严重的柳河便会'作妖'，啥草都得连根拔起。"

"彻底治理，以前不是没想过，但想了也是白想，因为县里经济困难。"

当时，彰武县还没有脱贫，是省级深度贫困县，财政上捉襟见肘。

的确很难。

但，难也不能干挺着。

在第二次"把脉问诊"时，刘江义找来种草专家齐凤林。

齐凤林根据柳河沙质河床状况建议种植牧草，这类草本植物根系深，对土壤要求不高，具有耐贫瘠、耐沙埋风蚀等特点。

草木樨生命力顽强，容易活，种草木樨吧！

就这样，县里在柳河岸边开始小面积种植草木樨的试验。

种下去的草木樨活了。一行行草木樨在柳河沿岸铺出了一块"绿地毯"，不仅引来了小蜜蜂，也引来了周边群众，成为一片观赏之地。

县里决定在柳河沿岸的三家子苗圃扩大种植。

地盘是找到了，资金咋解决？

齐凤林说，草木樨属于牧草，除了具有防风固土作用，还具有经济价值，收割可以卖钱。

县领导想出了一举两得的办法：发动群众种植。这样既可以解决县里拿不出资金的问题，还能让种植户割草卖钱增加一些收入。

紫花苜蓿素有"牧草之王"的美称,且是多年生草本植物,这回换种紫花苜蓿吧!

于是,县里组织沿岸乡镇的村民,在5000亩滩地上播撒下了紫花苜蓿的种子。

这是一个伏笔。

伏笔与结果往往隔有一段距离。

柳河沿岸究竟会发生什么样的奇迹,人们将会在一年以后看到。

我们不妨边等待谜底揭晓边了解一下北部沙区的情况。

就以大德镇为例吧——

彰武人对风沙从来都不陌生。如果你在2017年以前来到彰武县大德镇,你会被震撼到:那里没有路,车子开不进去;如果下车走路,两只脚都不知道往哪儿迈好,低头抬头看到的都是沙地,是厚得能将脚陷进去的那种,你只能在其中艰难跋涉。

大德镇是县城以北25公里的一个乡镇,清朝时期属于皇家牧场的一部分,也是后来沙化地区的一部分。

"大德"这一镇名,源于一段真实的故事:1647年,从察哈尔蒙古八旗来到牧场的牧民中有一对兄弟,哥哥叫大德力格尔,弟弟叫小德力格尔,二人在一块有山有水的地方定居下来。哥哥住在山边,弟弟住在水畔,时间久了,二人的名字就成了地名。哥哥居住的地方叫大德阁村,弟弟居住的地方叫小德阁村,后来这里的地名沿用了哥哥的名字,叫"大德"。兄为长,弟为幼,应该是长幼有序的缘故吧。

无论是"大德"还是"小德",都是德力格尔。德力格尔是蒙古语词汇,意思是鲜花绽放和开阔明亮的地方。

有这样的铺垫,大德在人的想象中应该是一个美丽的地方。

然而,现实版的大德完全是另一番景象。它的头上压着一顶穷帽子，一压就是多年。

2017年3月，段文刚刚到大德镇任党委书记。他要做的第一件事是下乡走村。

北方的3月，寒冷依然，他冒着寒风一路走访了6个村。村庄里几乎没有一点声响，甚至听不到鸡鸣狗叫、牛哞羊咩。村部里没有取暖设施，村干部们在冰冷的房子里一边跺脚，一边搓手等着新上任的他。

为什么大德镇这么穷？穷根在哪里？

都说站得高才能望得远。

第二天，段文刚问镇里的人："咱们大德有山没有？"回答说："有。"他二话不说就去登山。

山是一座秃头山，周边是起伏的小山脉。山上树木稀少，偶见几片野生树林在风中无精打采地摇晃，一副病恹恹的样子。站在山顶向山下望，连绵的沙坨子像巨兽一般伏在村庄，有的已经探进了农户的院子里。

这地儿还能打粮吗？老百姓是靠什么生活下去的？

段文刚心情沉重地走下山来。那天，他写下了一首诗：

迎风踏雪大黑山，

严寒逼泪两峰间。

疮痍偶见青松立，

何日家山秀新衫。

这首诗题为《初登大黑山》。

大德镇有一半以上的土地属于沙地。每到强风肆虐的春季，农田、道路、村舍会被大量的流沙掩埋，风埋秧苗的现象更是严重。老百姓相当于从沙土地里刨食吃，非常不容易。

多少年了，大德镇一直是全县最穷的乡镇，谁也不愿意到这来当书记。

沙子是大德镇的穷根，要想拔掉这个穷根就得栽树。镇里制定了植树造林方案，抢在春季种下500多亩，按照计划还要植树造林6300亩。

这规模可不小。

规模不小意味着所需资金不少，穷得出了名的大德如何能支付得起？

还别不信，后来他们真的实现了。

买不起高价的"大碗苗"，他们就向大自然借。

这个好法子源于大德镇福聚昌村党支部书记李洪庆的一句建议。

"种榆钱吧！榆树的生命力顽强，榆钱随风飘扬，落地往往就生根了。"

当时，正是榆钱饱满的时候。

段文刚眼前一亮，对，种榆钱！说完他立即安排各村组织人员收集榆钱。

他们把收集好的榆钱晒干，等雨季播种。

6月下旬，一场雨如约而至。雨刚一歇脚，段文刚就带着大家上山种榆钱了。

他们用镐在沙地上划出垄沟，把榆钱撒进去，再盖上一层薄薄的湿土。赶上石头多的地方，就用镐在石缝中刨出浅坑，先铺上湿土，再撒上种子，最后再撒上一层湿土。

从一点到一片，从山脚到山头，从一座到两座……

那年秋天，他们向四合城林场及周边乡镇要来大批树苗，组织村民栽到了山上。

冬天到了，镇里又组织300多名党员展开了一场冬季造林大会战。

因为沙地里没有路，拉运树苗和水的汽车只能开到沙地边缘，他们将树苗和水桶搬到小四轮车上，拉到沙坨子深处，然后开始栽树、浇水，就这样循环反复。

沙地土壤贫瘠，水分、养分都不足，树木成活率不高。

段文刚的情绪有些低落。

妻子见状，便开始劝他："老段啊，你别栽树了，整整一年也没干别的。大伙儿跟着遭罪，最后呢，你把这树栽好了，等别人接替你的位置，不再继续栽树，你就白干了。"

女儿也劝他："冬季造林劳民伤财，不要搞了！"

那一宿，段文刚整夜未眠。

他想起去兰考和红旗渠考察学习的情景，想起焦裕禄为人民服务的一生，想起发生在太行山悬崖峭壁上的感人事迹，心中充满了力量。

遇山凿洞，遇沟架桥，就算有天大的艰难，也一定能杀出条路来！

第二天早上，在上班的路上，他作了首打油诗，通过微信发给了妻子。

十月沃野荡金风，
修渠筑池待植枫。
他年后人游佳境，
笑指仙山评外公。

诗的大概意思是：咱们先别争论这事，我坚信一定能把这个地方弄好、弄美、弄富。等到多年以后我离开这块土地，我的后人们在这里游山玩水的时候，会笑着指着山上的树说，这是我姥爷栽的！

敢于面对现实，敢于向困难挑战，这是彰武人的性格。

在草原上驰骋呼啸的蒙古族人、白山黑水孕育的满族人、攀山越岭闯关东的汉族人……多民族融合的彰武人是勤劳、勇敢、智慧的，怎能轻易服输！

欲以"小草"写"大文章"

还记得之前的伏笔吗？

既然设置了伏笔，就要有始有终，有所回应。

现在，该是揭开谜底的时候了！

大面积种植紫花苜蓿的第二年，柳河沿岸发生了奇迹。

到底是什么样的奇迹呢？

沿岸绿了，风沙小了，这自不必说。

紫花苜蓿营造出一片浪漫的花海，这也在意料之中。

要说就说意料之外的——

2017年，柳河沿岸来了一批特殊的"稀客"。

"鸿雁天空上，对对排成行……"提起这首歌，你可能就知道这批"稀客"是谁了。

不过，鸿雁只是天外来客之一。对对排成行的，还有丹顶鹤、白鹤、大天鹅、小天鹅、白琵鹭、赤麻鸭、灰鹤……

这群美丽的候鸟，见证的是生态改善。

生态改善了，候鸟飞来了，摄影爱好者也来了，他们将"柳河落雁"的摄影作品传到网上，彰武柳河一下子成为远近闻名的"打卡地"。

这令彰武人备受鼓舞。

彰武人来劲了，要将草种下去！

2017年金秋十月，党的十九大在北京胜利召开。

党的十九大报告指出，统筹山水林田湖草系统治理，加大生态系统保护力度，实施重要生态系统保护和修复重大工程，优化生态安全屏障体系。在"山水林田湖"的基础上，"草"第一次被纳入生态文明建设。

这一论断体现了深刻的大生态观，也体现了国家对草原生态保护愈加重视，更为彰武生态建设指明了方向。

2018年，土地刚一开化，刘江义立即带队到彰武北部沙区展开调研。

他们首先走进沙化土地面积最大、分布最广、危害最严重的大德镇。呈现在他们眼前的是风沙四起的沙地和沙地上迎风栽树的村民。刘江义一行人也加入栽树的队伍当中，和村民一起拿起铁锹挖坑、填土，到地头拎水，浇树。

他们向村民询问了生产生活情况。村民说，庄稼收成不好，沙地没有肥力，也存不住水。另一位村民说，不光收成不行，天气也不行，出门都受到影响。还有一位村民边擦嘴角的沙子边说人家是靠山吃山、靠水吃水，咱们这儿是沙子管够吃。村民是笑着说的，但这几句话却如重锤敲在刘江义心上。

土里刨食本已不易，何况这是在沙土地里刨食呢！

2018年4月4日，刘江义再次来到大德镇，并且带来一支50人的大部队。

那天下午，一辆四驱大拖拉机拉着小四轮的车斗载着他们穿越起伏的沙地，在那古山的山脚停下。

他们登上山顶，风卷沙扬的荒凉景象映入他们的眼帘。

担忧的声音此起彼伏：这地可怎么种啊？种了能出苗吗？即使成活又能有几成收成？

一场别开生面的县委常委扩大会议就在这样的背景下展开——

这次会议的唯一议题，就是要给彰武县面临的土地沙化形势问诊把脉。频繁的风沙使这里成为全县环境最恶劣、条件最艰苦、经济最落后的地方，它不仅严重影响着当地的农业生产，同时也影响周边地区生态安全，严重制约着县域工业经济发展。

这些都是实情。风沙的确严重制约了彰武县域工业经济的发展。相关部门不断创新招商方式、完善优化服务，本已引来诸多意向投资企业，可人家来过看过之后便没有下文了。

啥原因？风沙太大！

"望沙而逃"的客商们迟迟不肯签约。县领导出面，想方设法再三挽留仍无济于事，只能无奈地望着一个个背影离去。

沙害不除，彰武难富。大家开始议论起来。

有的说："树栽得不够，还要继续栽树，树能降低风速，阻挡风沙的去路，树的根系也大，能牢牢地抓住沙土固定住移动的沙丘。"

这话说得在理。多年来，彰武连续实施"三北"防护林工程，彰武林业人已经建成了百余万亩防护林带，取得了明显成效。

有的说："抵御住风沙，一是植树，二是种草。森林是立体生态屏障，草原是水平生态屏障，二者结合起来作用才大。"

刘江义说："以前，我们对生态保护的整体性和系统性认识不足，治理标准不够，统筹山水林田湖草系统治理的思路为我们提供了遵循，也提出了新的更高要求，我们应该从系统治理工作方针出发，把草原生态恢复作为生态建设的主战场，为百姓生产生活创造良好的环境。"

大家的思路被打开，纷纷发表各自的看法。

"咱彰武多次实施辽西北草原沙化治理工程项目，在围栏封育、草场补种、退耕还草等方面积累了丰富的经验，技术这方面有较大的优势。"

"恢复草原生态建设，能从源头固定裸露于地表的沙尘，降低土壤侵蚀度。"

"同时，也巩固了以往的林网治沙工程……"

经过一番交流和讨论，大家迅速达成了共识，当即做出这样的决定：打造彰武生态草原恢复示范区，重拳破解生态困局，让沙地重现生机！

回到县里，他们便开始着手筹划。

2018年8月8日，对彰武人来讲，是一个意味着新起点、呼唤着新作为的日子。

那一天，时任辽宁省省长唐一军来到彰武调研，在听取了相关工作汇报后，就彰武草原生态恢复建设工作作出明确指示，要求大力发展草原经济、绿色经济、美丽经济，着力打造辽宁西北部生态屏障。由此，作为辽宁省践行习近平生态文明思想的重要实践的彰武草原生态恢复示范区建设工作正式拉开序幕。

为全面打好打赢这场硬仗，对此高度重视的阜新市委、市政府将这一项目列入"重实干、强执行、抓落实"专项行动中，阜新市领导多次带队深入大德镇沙漠化治理试验区，对工程的规划、技术路线提出了前瞻性指导意见，召开专题会议推进草原生态恢复建设工作。

那木斯莱之蓝：彰武 70 年科学治沙实录

  彰武县迅速成立了草原生态恢复建设工作领导小组，抽调了 15 名精干人员，充实到工作一线，成立了土地流转推进组、规划设计及旅游开发组、草原建设和招商组、草原建设保障组 4 个工作推进组，分兵把口推进相关工作。

  科学是彰武治沙的法宝，过去是，现在也是。

  "从未离开"，这是彰武人民对扎根于章古台镇的科研治沙单位饱含深情的评价。从"樟子松人工林可持续经营"到"防护林衰退治理"，从"生态经济保护林提质增效"到"繁育彰武松"等优良乔灌木树种……半个多世纪来，沙地所和其前身以彰武防沙治沙为己任，在"以树挡沙"过程中发挥了重要的科学示范先导作用。这次，沙地所人一如既往，全程且深度参与了彰武草原生态恢复工程的规划设计、方案论证和技术研究。

  为进一步做到草原生态恢复建设的科学化，按照市委高起点规划工作要求，彰武县邀请中国科学院沈阳生态研究所编制完成《草原生态恢复规划》和《生态产业规划》，组织 30 余位专家对规划科学性、可行性进行了论证；并邀请南京农业大学专家团队论证了围栏封育、补播种草技术路线，明确了以生态修复为主、人工干预为辅的运行模式。

  "请进来"专家后，又组织人员"走出去"考察。县里派人到内蒙古、宁夏等草原沙漠化治理地区考察，向先进地区对标看齐，借鉴好思路、好经验、好做法。

  很快，大手笔的彰武县草原生态恢复工程确定下来了：工程规划面积 150 万亩，以一年初绿、两年满绿、三年见效益为目标，按照"一次规划，分步实施"原则，启动 50 万亩草原生态恢复示范工程，对风沙最为严重、人口相对稀少的大德、章古台等 4 个乡镇开展生态恢复示范区建设，对 12.3 万亩分散分布的生态脆弱地块实施综合治理。

这是一套组合拳，重新恢复的植被将与现存森林、湖泊、草原、疏林融合连片，形成林草叠加的生态屏障，不仅能改变彰武的生态环境，也能减少风沙对辽宁中部城市群的侵害。

"全县上下要统一思想、凝聚共识，牢牢把握生态文明建设的重要战略机遇期，以高度的政治责任感和强有力的工作措施扎实做好草原生态恢复各项工作。"县委大院里灯火通明，会场上，刘江义的讲话铿锵有力。

第二天，相关部门组织精干力量充实到各乡镇，对每一个地块进行实地勘察，根据土地确权成果和台账信息掌握土地属性、经营情况等第一手资料。重点在哪儿，难点在哪儿，如何对症下药，逐个进行分析，逐步推进……

造一片生态绿洲，建大地绿、生态美、百姓富的美好家园，有史以来规模最大、投入最大、影响最深远的草原生态恢复示范区建设战役即将打响。

那木斯莱之蓝：彰武 70 年科学治沙实录

打响第一战

要想建设草原生态恢复示范区，前提是进行大规模土地流转。

对土地，农民有着与生俱来的深厚感情。

那种感情是依靠、依赖、依恋，是难舍难分。

为了绿化家园，土地流转工作还要如期开展，因为只有这样，沙区农民才能成为最大的受益者。

草原生态恢复工程首先要对大德、后新秋、章古台、四合城 4 个乡镇 13 个自然村的 12.3 万亩地块进行土地流转。其中，大德镇涉及流转土地 3.6 万亩，涉及直接利益关系的就有 4 个自然村、15 个屯、870 多户、3200 多人。因此，大德镇首先成为工程的核心区和试验站。

土地是如何流转的，通过大德镇可见一斑。

为赢得项目区群众支持，大德镇多次召开党员大会、村民代表大会及小组成员会。会后，他们走进村头、地头和农户炕头，讲政策、讲生态建设与农民增收的关系，通过摆事实、讲道理，多数村民都对流转土地表示理解和支持，并付出了实际行动。

第三章　与久别的草原重逢

放下眼前利益，为长远利益着想，大德镇的福聚昌村就起到了表率作用。

福聚昌村，一片深埋红色种子的土地，闻名遐迩的"三合会计互助网"纪念馆就建在这里。步入纪念馆，一段印证大德人攻坚克难、敢为人先精神的历史将为你开启：1955 年，在我国农业合作化发展的高潮时期，大德乡在会计人员短缺、素质不高的情况下，由当时的农业生产合作社、供销合作社和信用合作社的会计员组成了会计互助网。毛泽东在主持编辑《中国农村的社会主义高潮》一书时，看到了会计互助网的材料，对"三合会计互助网"的做法给予了充分肯定。后来，"三合会计互助网"的经验在全国广泛推广。

能得到毛主席的充分肯定，大德人是了不起的。

时至今日，血液里流淌着红色基因的大德人依然是令人佩服的。

在这次土地流转中，福聚昌村无怨无悔地献出了 1530 亩土地。

土地背后的故事是这样的：福聚昌村有 1530 亩围栏封育沙地。村党支部书记李洪庆上任那天，老书记紧紧握住他的手说："洪庆，你可要守好这片地，千万千万不能包出去啊！"从那以后，李洪庆便扛起了守护这块地的责任。曾有很多人做他的思想工作，要高价包地种花生，许诺给他好处，都被他一一拒绝。当得知草原恢复建设工程需要这片地时，他毫不犹豫地在合同上签了字。

村干部是这样，村民也是如此。

有一户村民家里承包了 140 亩沙地，流转前已经转包给了别人种花生。当县里到他家做动员时，他果断地做出结束转包、把沙地拿出来建草原的决定。随后，他把到手的租金退给了租户，以每亩不足 200 元的价格流转给了政府。

为了集体利益，很多人都不计个人得失。

但土地流转也不是一帆风顺的。

流转工作刚开始时,一个庞大的微信群在大德镇黄花村出现。

村里的村民被一个个拉进群,最后达到了 200 余人。群里,有人反复上传小视频,内容只有一个:往年花生如何高产丰收。他们只字不提种植其他作物绝收的例子,一味地强调沙地种植花生得到了多大的甜头,并在后面附加留言:"有愿意种植的,和我一起干,保管赚钱!"

有人动心了。

还有一个经销花生秧的大户,每年到河北唐县贩运花生秧,年收益不低于 20 万元,他在群里第一个表示不同意退耕种草。

又有一些人脚跟站不稳了。

村民老高经营农资多年,种植花生 400 多亩,效益不错,对退耕种草当然也非常抵触。他这一抵触不要紧,影响了一大片,原因是他曾当过多年的村主任,在群众中有很高的威信。

顿时,群里炸开了锅。

有人明确发出反对退耕种草、流转土地的倡议,甚至还有人提出了去上访的想法。

总之一个态度:土地在自己手里是最放心的,谁也不能动他们手中的"奶酪"。

"风沙虽大点,能挺得住。"

"我这块地,还能将就着种。"

"我的地比别人家强,基本不歉收。"

有的村民平时一提沙害恨得直咬牙,真要帮他们来治理了,却又打起了自己的小算盘。

"不掺和没准儿的事,吃亏了咋办?"

"咋能吃亏呢？领导干部说，生态好了，生活就好了，庄稼就有好收成了，这还不说，将来，咱们这儿还会变成景区呢！"

"算了吧！"

村民不相信，也听不进去。

这也是可以理解的，毕竟他们靠着这片土地生活半辈子或大半辈子了，想象不出改变后会变成什么样。

最后，镇里的工作人员干脆把村民都请上大客车，带他们到章古台镇进行参观。

同时，镇里还邀请沙地所的于国庆所长和各位专家，请他们为村民介绍彰武近70年沙地治理的历程和成果。听着所长和专家的一段段讲述，看着一张张治沙前后真实的对比图片，感悟一代代科研人员为治沙所付出的巨大代价，村民都服气了。

"确实在理儿，只有风沙治住了，才能种出好田！"

"从前的大风沙治理成今天这样，真是不容易，我们没理由不支持！"

见村民思想开了窍，黄花村党支部副书记曹永贵趁热打铁："咱们好好算算账，不光要算自己的收入账，更要替子孙后代算算收入账！"在现场，他当即表态："我这就定了，我自己家、我哥家、我儿子家承包的340亩沙荒地和林地，全部流转种草！"

村民老高心里一时还没转过弯来。他没转弯不要紧，有不少村民的眼睛瞄着他呢。

来虎村党支部书记王金茹听说这件事后，急得连夜赶到老高家。开门见山地说："老同学呀老同学，你咋还糊涂上了呢？咱祖祖辈辈吃这风沙苦还不够吗？"

老高说："来虎村也不在草原建设规划内，你跟着掺和啥？"

"你说我掺和啥，你光顾着自己家的小算盘，把乡亲们的利益抛在了一边，我能袖手旁观吗？

"不起带头作用，还扯上后腿了，你还是不是共产党员了？

"草原生态建设千载难逢，你真要是把这事给搅黄了，你可就成了罪人了！"

王金茹接二连三的质问让老高听得脸直发热。

"别再说了！"他边朝王金茹摆手，边急忙打开手机，在微信群里打上一排字：支持土地流转，退耕种草。

在签订合同的第一时间，他将合同照片转发到微信群里。

看到老高转变了态度，之前第一个站出来不同意土地流转的"花生大户"到地里翻掉了自己种的花生。

黄花村土地流转的事渐渐朝着好的方向发展，但大德镇党委书记段文刚还是高兴不起来，因为还有一个更棘手的村子在等着他。

在大德镇有个小德格村。别看名字中有"小"字，但绝对小看不得。这个村子里的人以"抱团"闻名。这次土地流转中，"团结"的小德格村民集体要求提高补偿标准。

如何做通小德格村群众的思想工作，成了段文刚最为头疼的事。

他向县委书记刘江义汇报了草原建设的进程。

2019年春节刚过，刘江义立即前往大德镇小德格村。他此行的目的有两个：一是给村民拜年，二是要解开他们思想上的疙瘩。刘江义走进农户家中，坐在炕上与村民促膝交谈。从当前彰武的生态环境谈到群众生产生活中的困难，从草原建设的构想谈到后续产业发展，从乡村振兴谈到老百姓的脱贫致富……话讲透了，理讲清了，讲者与听众碰撞出理解与支持的火花了，他又走进下一个农户家……

从上午一直到晚上，那一天，刘江义不间歇地走访了16户农户。

每到一户，村民都自发地汇聚在一起，形成一个小会场。

看到县委、县政府治沙下了如此大的决心，付出如此大的努力，村民组长张宏武再也坐不住了，他站起来代表群众表了态："我们不和你讲价了，啥条件都不和你讲了，我们相信你，相信党！"

小德格，大难题，终于解决了！

县里立即组织农业农村、司法财政等部门制定统一规范的合同文本，逐户核对信息、签字落实，动员3212户农户和经营组织签订了6790份流转协议，并将补偿资金发放到位……工作人员开启快节奏工作模式，高效推进。

两周过后，规划区内的土地流转工作顺利完成了。

那木斯莱之蓝：彰武70年科学治沙实录

通往草原的天路

说到天路，人们自然会联想到一首歌，听过这首歌的人应该都知道它背后的故事。翻山越岭的天路艰辛那般，穿越沙地的天路同样如此。

"其实地上本没有路，走的人多了，也便成了路。"鲁迅先生说。路就在脚下。可要在沙地上寻找路的影子，实在太难了，随风而来的沙土会在第一时间抹平地上的车辙与脚印。

为了寻找一条合适的路线，工作人员多次勘查现场。他们开着越野车穿越沙地，没有一次能走上与上一次基本重合的路线，甚至还有迷路的经历。

没有路，机器进不去，草籽化肥进不去，工作人员进不去，怎么办？

修路，修一条能带我们走进去的草原路。

修路？画在纸上容易，可真要修起来又谈何容易呢！

沙地松软，春季施工路基容易被风沙掩埋，夏季又极易沉陷。只有在冬季时地冻实了，工程车辆才能进去。但土壤冻结怎么办？建筑材料胀裂怎么办？寒流、强风、大雪组团袭击怎么办？

怎么办，怎么办，怎么办……即使问再多个"怎么办"，也得顶着困难上。

"难道战胜眼前的沙地比登山还难？"筑路队的工人心里不服。

领头的队长说："哪怕它是'二郎山'高万丈，只要咱们心坚如铁，照样把公路修到'西藏'去！"

他手臂向前一挥，闯关！

北方1月，正是最冷的时候。20日那天，恰逢异常寒冷的大寒节气，这一天，草原路破土动工。

为了抢在早春扬沙天气之前完成施工，道路设计、征地补偿、拆迁等工作只能倒排工期，同时展开，同步推进。和高速公路、高速铁路相比，这条公路占地补偿比例只有三分之一，担心群众有意见，镇里派人挨家挨户做思想工作。

零距离沟通，动之以情，晓之以理。

民心路打通了，工程进入实施阶段。

数九寒天，滴水成冰，工作人员迎着彻骨的北风冲上战场。他们劈开沙岭，穿过风口，一次次填埋沟壑，一遍遍铺摊石料，一回回夯实路基……有的脚冻僵了，有的手冻裂了，可没有一个人说苦，没有一个人退缩，没有一个人抱怨。

他们一边施工，一边给自己加油。

有人唱："这是一条神奇的天路，带我们一起走向未来……"

还有人喊出"粉砂筑坝古来稀，彰武人民建奇迹"的口号。

他们想起大青沟粉砂筑坝的故事，想起那个用青春和生命阻挡洪水的年轻战士，想起他留在岸边的那座衣冠冢……

那木斯莱之蓝：彰武70年科学治沙实录

任务再重没有粉砂筑坝重，困难再多没有粉砂筑坝多，条件再苦没有粉砂筑坝苦，没有任何一座高山能阻挡担当之人的脚步。

人歇机器转，周末不停歇，节日不停歇，施工的场面让冬日的沙地一片沸腾，路在并肩战斗的筑路人脚下一点点延伸……

眼看着工程即将结束，却发生了一件令人意想不到的事情。

2019年5月26日，也就是工程结束的前一天，一场大雨倾盆而下。到了中午，来势凶猛的大雨演变成了暴雨，随后又升级为特大暴雨。

安排好大德镇的防汛工作，段文刚急匆匆赶往修路工地。路基会不会沉陷？涵洞会不会淤塞？引桥会不会塌方？……一路上，他的心始终静不下来。

天色渐渐昏暗下来。

透过围拢的暮色，他看到一盏盏灯光从远处缓缓地向他靠近。

镇长、副书记、村党支部书记、村主任、水利站长、交通助理、畜牧站长、村民组长、热心村民……几十人不约而同来到工地。他们顶着暴雨认真排查险情，迅速处置险工险段，密切关注雨水情况和天气变化……

深夜11点，县委书记刘江义再次打来电话询问雨情，嘱咐大家一定要注意安全。

雨一直在下，几十人的队伍一直在各个路段巡查。

凌晨4点，整整下了15个小时的雨终于停了下来。

新修的这条柏油路经受住了暴雨的考验，他们为草原生态恢复工程交上了一份满意的答卷，心里怎能不激动呢！

第二天，最后一车沥青铺装完毕，全长17公里的草原路主路全线通车。

漫长的 4 个月，100 多个日日夜夜，近 3000 个小时，穿越极寒，穿越冻土，穿越风沙……从未被击垮的钢铁队伍用苦和累完成了彰武道路建设史上第一个冬季筑路工程！

百年夙愿，今朝梦圆，从此山不再高，路不再漫长。

那木斯莱之蓝：彰武70年科学治沙实录

如愿抵达

只要有路，再远的地方都能到达。

动员群众，流转土地，修筑道路，前期的工作虽是一波三折，终归都完成了。

万事俱备，只欠东风，就等着主角闪亮登场了。可是，身为主角的"草"会如众人所愿在沙地里"现身"吗？

当地有百姓说，在沙地种草简直比骡子下驹儿还难。这话不无道理。脚下的土地是没有任何有机质的风积沙，人工播种的牧草刚萌发就被大风拔走，水浇不到3天又是白花花的一片，这是明摆着的事实。

"以彰武人迎难而上、越挫越勇的品格，没有什么是战胜不了的！"县委领导大步走进项目治理区的主战场。

迎着风沙和料峭的春寒徒步走进沙地的，还有草原监理站站长齐凤林。这位长期奋战在草原建设一线的老专家虽已年近花甲，却依然斗志昂扬。

起伏的沙地上，经纬交织的方格已经画好了，周边乡镇的稻草也运来了。在齐凤林手把手指导下,工地的村民掌握了设置草方格沙障的方法。他们将草整齐地码在边线上,用铁锹将其埋进沙地使其牢固,又用脚踩实。

连成一片的草方格十分壮观,播撒草籽的队伍也十分壮观。县司法机关干部与当地村民自发组成了互助组,他们用钉耙在草方格里划出不深不浅的垄沟,用"点葫芦"播撒草籽。点葫芦是庄稼人自制的一种播撒种子的工具,播种前把草籽装进葫芦里,然后对着垄沟边走边有节奏地敲,让草籽均匀地落在垄沟里。掌握了要领的机关干部,动作越来越麻利,播撒的速度越来越快。

令人难忘的,还有那场万余人的种植大会战。几乎全县的党员干部都参加了这次种植。他们身着运动装、脚穿胶鞋、肩扛铁锹,走向两个播种区,和各个乡镇农民一起俯身开垄、点籽、填土。沙子打在脸上,皮肤晒得黝黑,鞋子装满沙子,他们全然不顾。

战场上,红旗迎风招展,"向沙漠进军"的草原建设现场一派热火朝天的劳动景象。

从开工到播种任务完成,县委领导的身影频繁出现在建设现场。他们仔细查看草原路沿线各播种区的进展情况,向工作人员详细了解土壤墒情、地形特征、播种方法、人员安全、后勤保障、场地卫生等情况,针对各区负责人的现场汇报及时作出下一步工作部署。

为让草原生态恢复示范区建设跑出加速度,16台钻机昼夜奋战,全力抢夺工期,不到20天的时间,深度超过50米的沙地机井全部交付使用。

大德镇积极行动,组织各专业队伍购置400管喷灌枪进行抗旱。

沙地的变化时刻牵动着大家的心,他们关注着,期待着。

草方格里长出了零星的新苗,他们立即喷灌降雨,降低风沙。

那木斯莱之蓝：彰武70年科学治沙实录

大风突然来袭，他们赶忙跑到现场查看幼苗有没有被刮走，黄沙有没有把苗压倒。

10天后，新苗连成了片。

1个月后，新苗在沙地铺开。

为守住这一片得之不易的新绿，示范区按照自然恢复技术要求，规划实施了150公里围封工程。同时，县委、县政府还下发了《彰武草原生态恢复示范区封山禁牧公告》，多次召开专题会议安排部署封山禁牧工作，通过悬挂条幅、派出流动宣传车、制定村规民约等方式，保障核心区无违规放牧情况发生。

为保护心爱的草原，草原生态恢复区内的大德、后新秋、章古台、四合城4个乡镇组建了300余人的巡防小组，24小时与草原相伴。他们说，这片草原凝聚全县人民的辛勤汗水，护林护草必须全力以赴。

冬季来临，巡防工作面临着更为严峻的挑战。一是风干物燥极易引起火灾，二是天寒地冻工作条件更为艰苦。为了抵御野外的寒冷，大德镇党委在半拉山脚下搭建了塑料大棚，建成了简易的指挥部，里面安装了行军帐篷。到了夜晚，巡逻了一天的工作人员就睡在这里。

以苦为乐的他们在帐篷里插上了一面面红旗。这红色的旗帜，象征着坚守的信心，也象征着不倒的精神。

"即使豁出命去，也决不让草原出现一丝火苗！"

大德镇镇长魏迎宪的这一句话让人想起项羽破釜沉舟的故事。

把锅打破！

把船凿沉！

——不胜利不生还！

成为草原上一段佳话的，何止是这荡气回肠的誓言？

新春佳节，万家团圆的时刻，工作人员依旧在北风呼啸的草原巡护，在半夜一次次被冻醒的帐篷里，连续值守29天。那些日子，国家森林防火指挥部的领导曾到这里视察，当他们听到工作人员的对讲机里传来"大黑山正常""半拉山正常""二郎山正常"的简洁铿锵的报告声时，感到非常震撼。

当巡护人员完成使命回到家里的时候，他们的家人几乎不敢认了：头发乱了，胡须长了，人瘦了一大圈……他们当中，有的落下了夜不成眠的毛病，有的落下了风湿性关节炎……

在我们为之落泪的时候，草原的"守护神"却说，受再大的苦，也值！

好在最为艰难的阶段过去了。

后来，草原生态恢复区内的4个乡镇分别成立了30人的管护大队，13个村分别成立了30人的应急分队，占地2400平方米的草原消防站修建了5处瞭望台。为了让草原管护工作更加精细化、现代化，还修建了3处瞭望塔，每处设直径9公里的扫描设备，实时回传现场情况。齐抓共管，多措并举，草原上的草更绿了。

从空中俯瞰，重新恢复的绿色植被与周边的浅山、水库、疏林、田野、湖泊、沙地融合连片，草原恢复示范区如一片焕彩的"七色草原"。

因为七色草原的核心区在大德镇，大德镇的镇名源于"德力格尔"，德力格尔有"鲜花绽放、开阔明亮"之意，所以，这片草原就叫德力格尔草原。

"以草固沙"，不仅打造出山水林田湖草沙相叠加的七色草原，也构建了诗画相融的"生态草原、美丽彰武"新格局。

用"相遇之醉"描述一片草原

如果说,草原的美景是醉人的,那么,彰武德力格尔草原便是一场深醉。因为久别重逢,因为梦境与现实融为一体,因为山水林田湖草沙在这里完美相遇。

沿着"践行习近平生态文明思想"红色大字向前走,就是草原了。要想看到"大美彰武生态草原"的全貌,走上木栈道,登上欧李山观景平台是最佳的选择。

欧李山,与植树有关的名字。说起彰武县的地名,以植物命名的真不少,比如柞树营子,比如黄蒿村,比如杏山村……这些,足以见证多年以前这里曾经植被繁茂。欧李山,顾名思义,生长着欧李的山。欧李,塞外的一种红色山果。别看生在山野,它还曾得到过皇帝的青睐呢!因欧李形如李子,乾隆皇帝曾赐名曰"玉李"。

孩子们对山坡上的欧李丛格外钟情,整天围着它跑来跑去。欧李丛最懂小孩子的心,结出酸甜可口的果实不说,长得不高也不矮,用不着踮脚尖就可以采摘到。所以小孩子念它的名字时总会加上个"儿"

字,"欧李儿""欧李儿"地叫起来,十分亲切。

"果实累累千百颗"的欧李象征着收获,聚集在欧李山周边的七色草原也是一种收获,大手笔书写的大收获。

站在欧李山观景平台远望,可以看见山。草原周边有多座山,海拔都不高,当地人叫它们"浅山"。但"山不在高,有仙则名",这里曾发生过许多"著名"的事。神话传说不必提了,早年旺盛的香火也暂且不说,就说清朝时期的宾图王吧,他之所以选择在这里定居,就因为背靠九座山头。再说最近的,具有转折意义的草原生态恢复工程会议也是在附近的那古山召开的。

山外有山,一山更比一山高,这里还有一座德阁山。德阁山又叫大黑山,位于大德镇大德村东北方向,距离彰武县城北25公里,是大德镇乃至彰武东部地区的制高点,其海拔高度为234米,占地面积为256.8亩。登上山顶远眺,不仅可以看到郁郁葱葱的"三北"防护林,还可以看到异彩纷呈的万亩沙化治理示范区。穿行在林海与草原之间的还有一条河,它的名字叫三道河,它从远方飘然而来,又向远方绵延而去,犹如一条洁白的哈达在向大家表达问候与祝福。

"一山观两湖""一山观三湖"都不足为奇。为什么我有说这话的底气?因为德阁山带给你的是"一山观四湖"的惊喜:西旧府湖、德力格尔湖、敖户起湖和巨龙湖——这四颗增色添辉的珍珠让美丽的德阁山变得更加迷人。

西旧府,看起来似乎不那么诗意,但它有自己的故事。

它与一座村庄有关,这座村庄叫王府,是科尔沁左翼前旗宾图王府的旧址。

据史料记载,宾图郡王王府驻地最先设在三家子北山(今内蒙古自治区库伦旗)东南。1904年,棍楚克苏隆承袭宾图郡王王位后,把

那木斯莱之蓝：彰武 70 年科学治沙实录

王府迁至今彰武县四合城镇南的东升村。1934 年 8 月迁至今彰武县后新秋镇，1943 年秋又迁至今彰武县章古台镇。1949 年 3 月 10 日，东北行政委员会决定撤销科尔沁左翼前旗建制。据说，宾图王府在新中国成立的时候还很完整，后来被改为一所村办小学。1951 年被拆除，改为耕地。

朝代更迭，"王府""西旧府"已随历史的脚步远去，只有像一面镜子照见往昔岁月的西旧府水库还在眼前。

它呈现给我们的，除了水，还有倒映在水中的蓝天白云、青山绿树、旋转的风车群，还有水岸上的垂钓者。因为景好，空气好，鱼也好，很多人百里驱车而来，观光垂钓，往往一钓就钓到太阳落山。

如果讲到水，最应该介绍的便是那木斯莱。

那木斯莱，蒙古语意为"莲花盛开的湖"。它位于彰武县东北部四合城镇境内，总面积 7103 公顷，最大水深 1.8 米。这片保持着原始生态系统的天然沙漠湿地，一直被人们誉为"镶嵌在'八百里瀚海'南缘的一颗璀璨的明珠"。

"八百里瀚海"指我国最大的沙地——内蒙古科尔沁沙地。科尔沁沙地原是科尔沁草原，由于人们超载放牧，加上气候干旱，水草连天的大草原演变成了一望无垠的大沙地。地处科尔沁沙地南缘的彰武县受其影响，沙海茫茫，沙丘滚动。1987 年，那木斯莱自然保护区建立以来，完成了沙地绿色生态保护屏障、沙地生态恢复示范区、水域湿地生态恢复示范区、沙地生物物种天然基因库等生态工程及项目建设。同时，采取一系列综合措施，改善、恢复沙地生态环境，为辽西绿色屏障构筑及维护整个辽西北地区的生态平衡作出了重要贡献。

那木斯莱景色宜人，盛产的莲花堪称北方独有的一大奇观。地处北纬 42°的那木斯莱莲花，是目前世界上纬度最高的野生莲花，比江南的莲花根壮、枝繁、叶茂、花红,被专家命名为"彰武暗红"。

泛舟于莲花盛开的那木斯莱,远观是"一湖碧水半是花",近看是"蒹葭苍苍",抬望是"沙鸥翔集",俯视则是"锦鳞游泳"。细赏"彰武暗红",有的是"小荷才露尖尖角",有的是"犹抱琵琶半遮面",有的是"美人笑隔盈盈水"。如果刚好有轻风吹来,眼前的莲花就会化作霓裳仙子,轻舞于碧波之上。水与天相映,动与静相间,情与景相融。这一刻,没有谁的心神不会受到震撼,没有谁的思绪不会飘向远方。

那木斯莱独特的自然景观,与其湿地的身份是分不开的。

湿地,是自然界最富生物多样性的生态景观和人类最重要的生存环境之一,素有"地球之肾""生命的摇篮""文明的发源地""物种的基因库"等称谓。一般的湿地都是由河流注入形成,而那木斯莱湿地则不同,它没有河流的注入,而是由沙地浸出的水形成的沙漠湿地。沙壤层层过滤,使得这片湿地的土质含多种矿物质。所以,那木斯莱物种资源丰富。保护区内,仅高等植物就有247种,脊椎动物达到百余种。

站在沙漠湿地举目远眺,大花鸢尾、菖蒲、白菖、蓆草、野菱等花草色彩斑斓,松、杨、枫、榆等树木绿如翠屏,山里红、山杏、桑粒、欧李、沙枣等野果芳香扑鼻。还有摇曳多姿的、湿地最典型的植物——芦苇。芦苇除了有优雅的身形、顽强的品质,还有重要的生态价值。芦苇的根系从土壤吸收大量水分后,大部分通过茎叶的气孔以水汽的形式散发到大气中,对调节局部小气候有着重要作用。又因芦苇的叶、叶鞘、茎、根状茎和不定根都具有通气组织,所以能吸附有害物质、分解污染物。和芦苇一样能净化水质的,还有一种名贵的水生植物——睡莲。睡莲又称子午莲、水芹花,外形与莲花相似,不同

那木斯莱之蓝：彰武70年科学治沙实录

的是莲花的叶子和花挺出水面，而睡莲的叶子和花浮在水面上。睡莲的花朵在白天张开，在晚上闭合，人称"花中睡美人"。别看"睡美人"身材不大，功劳可不小：它的根能吸收水中的有毒物质，还能过滤水中的微生物，是不可多得的美化、净化植物。在这样理想的生态环境中，种类繁多的植物盛装登场，那木斯莱越发楚楚动人。

那木斯莱得天独厚的自然条件也吸引着千里之外的候鸟。每年春秋两季，天鹅、丹顶鹤、白鹳、白鹤、灰鹤、鸳鸯、野鸭、水鸥等数十种候鸟汇集在这里，或亮翅起舞，或徜徉水畔，或静静游弋，构成一幅生动和谐的画面。不时地，它们还会以悦耳的鸣叫声来表达内心的快乐。值得炫耀的是：好多鸟儿看中了这块地方，在此安家落户、生儿育女，开始了新的生活。那木斯莱的野生动物就不必说了，一年四季随处可见，野兔、野鸡、獾子、狐狸、貉子、狍子等，不胜枚举。热闹非凡的"动物王国"为这个市级自然保护区增添了无穷的魅力。

那木斯莱，人间净土，候鸟天堂，置身其中，犹入世外桃源。

树，是草原上的另一个主角，也是彰武人心中的另一片海。

万顷林海，这样说并不准确，它的面积比这大得多。怀抱着草原的片片林海，用永不知疲倦的绿色，守护着草原，守护着草原之上的蓝天与白云，守护着这一处远离喧嚣的宁静。

没有边界的林之海洋，像守护神一样的树，多得无法描摹。不如从大德镇福聚昌村境内的一棵古老的枫树说起吧。

当地年长的村民说，这棵树的果实形状像古代的金锭元宝，所以叫元宝枫。这棵元宝枫已经1500岁了。据《辽宁古树名木》记载，辽宁省境内共有39棵树龄超过1000年的古树名木，其中枫树有4棵，均是元宝槭，都分布在辽西地区。其中树龄最大的就是这棵"元宝枫王"，它树高17米，胸围3.2米，地围4.6米。

贫瘠的沙丘能长出千年屹立的树，并且枝干如此苍劲，树叶如此茂密，人们不禁会问：它从何而来？

在山坡上的一块木牌上，我们找到了答案。千年古枫是一位叫大德的高僧栽的。为什么栽下这棵树？当然与佛教有关。

这棵古枫与佛教的渊源，它附近的古庙旧址可以见证。据说当时这里晨钟暮鼓、梵音缭绕，声名传至百里之外，周边的百姓也经常到庙里祈福许愿，香火十分旺盛。后经朝代更迭，古庙屡遭破坏，最后被毁。

寺庙远去，古树尚在。独立于深山千年的元宝枫采日月之精华，集天地之灵气，高大挺拔、华荫如盖。

元宝枫不仅具有观赏价值，也具有生态价值。因为对土壤要求不高、根系发达、抗风力强，它成为治沙和绿化的先锋树种。

此外，它还是高效经济树种。它的叶子能做保健茶，籽可用于制药、榨油、提取元宝枫神经酸。彰武县所在的阜新市就已将中国元宝枫产业开发作为一个增收扶贫项目，一个集种植、深加工、观光旅游为一体的一、二、三产业融合发展项目。全市多家国有林场，已经在原有1.5万亩"中国元宝枫"资源保有量的基础上新增栽植面积7000亩，并将继续按计划加大繁育和栽植规模。

云宝枫盛果期每棵产翅果约15公斤，每亩栽培56棵，亩产可达800公斤以上。按照市场价格每公斤20元来算，是一笔不小的收入。如果再进行深加工，经济效益更是可观。据说"中国元宝枫"籽油目前市场价能达到每公斤900元。

元宝枫全身都是宝，彰武又怎能不将其视为"摇钱树"呢。

当前，彰武已出台了元宝枫产业规划，用不了多久，前景广阔的元宝枫富民产业链就会在"中国元宝枫"的故乡焕发出别样的光彩。

那木斯莱之蓝：彰武 70 年科学治沙实录

读罢元宝枫的前世与今生，你站在那里就好，无须过多移动脚步，有另一道风景会不请自来。

跳跃在眼睛里的金黄，是远处田字格一样的稻田。稻浪层层叠叠在风中泛起，空气里充满了稻谷的清香。

其实不只是空气中弥漫着稻谷的清香，记忆中也到处都是。在农作物当中，稻既是离我们最近的，也是最远的。近的是一日三餐少不了它，远的是曾朗读过"手捏青苗种福田""喜看稻菽千重浪"的诗句。一个指物质，一个指精神，现实与浪漫叠加，芬芳无比。

春日的清晨经过稻田，会看到一幅没有边框的"插秧图"。方方正正的水田中央，卷着裤脚的插秧人左手握一大把秧苗，右手捏一小撮在水里轻点，弯腰，低头，前进，后退，操作熟练。一棵棵，一行行，一片片，从稻海到舌尖，从舌尖到心田……

如果站在田埂上和他们打招呼，他们会笑着说：稻子成熟时再来吧，咔嚓嚓，割稻子的声音好听着呢！

确实，"面朝黄土背朝天"的画面早就退出历史的舞台了，如今都是机械化了，收割机一出场，才叫壮观。

这是美景，也是乡村经济。绿水青山就是金山银山。

2022 年，草原又添了一道亮丽的风景——晒秋。

什么是晒秋？

晒美景，晒收成，晒幸福。

稻穗、地瓜、黑豆……圆圆满满的晒匾、色彩缤纷的农作物、欢声笑语的现场，一步一美景。

"今年庄稼大丰收喽！"村民个个脸上洋溢着喜悦。

"米袋子鼓了，钱袋子就会鼓！"前来打卡的游客分享着这份欢乐。

金钱富足的彰武人精神上也是富足的，比如苏鲁克诗人节，已不止一次在草原上举办。

彰武人是有理由举办苏鲁克诗人节的。

早在 2010 年，彰武就荣获了"中华诗词之乡"的光荣称号。如今全县共有诗词分会 29 个、诗社 53 个，会员 5000 余人。多年来，彰武诗人紧跟时代步伐，围绕彰武经济、文化、精神文明建设创作了大量优秀作品，作品传遍大江南北。

再给现实镀一层浪漫——

历史上的德力格尔草原，曾是苏鲁克皇家牧场的核心区。此外，还有一个鲜为人知的原因——草原上有一座德力格尔湖，湖上有一种与文学源头有关的植物。它虽不是盛世繁花，却如星辉，点亮了一湖碧水。它就是荇菜。

"参差荇菜，左右流之。窈窕淑女，寤寐求之。"

高洁浪漫的荇菜，不是点缀水面的一朵小花，而是衡量水环境干净与否的标识物。且看它的出生地：湖泊、池沼、沟渠，多腐殖质、微酸性至中性的底泥和富有营养的平稳水域。荇菜，见证的是生态。荇菜虽浮在水上，却是有根的，那根便是它的来处，便是生态。

除了荇菜，德力格尔湖上还有大面积的荷花、水草，还有诸多叫不上名字的水鸟。它们的出现与这里的良好生态不无关系。

魅力十足的德力格尔湖吸引了许多"回头客"。2022 年 7 月 31 日，彰武县第六届苏鲁克诗人节开幕，来自全国各地的诗词名家再次来到这里。

波绿山青真是金，濯缨牵手上高岑。
四湖不让沧溟碧，孤朵犹将馨粉斟。
龙摆水，水飘淋，淋漓千户万家襟。

那木斯莱之蓝：彰武 70 年科学治沙实录

　　声欢语笑相同梦，谱作长歌代代吟。

　　在生态之美与诗意之美交相辉映的湖畔，中华诗词学会常务副会长范诗银写下了这首诗。
　　"德力格尔"有宽广辽阔之意。辽阔草原上的草是广义的。在这里，所有的草本植物都被称作"草"。
　　草海即花海。格桑花海、油菜花海、金盏菊花海……万紫千红。这是很容易被理解的渴望，当一片沙地荒芜了太久，特别想百花齐放。
　　今天，这里只介绍寓意幸福的一号花海：格桑花海。
　　人们通常用草原形容大海，或用大海来形容草原，这种感觉是准确的。当第一次置身于格桑花海，你会想到的第一个字也许就是"涌"。因为这片草原的前身是沙丘，所以自带起伏跌宕的美感。格桑花开在坡上坡下，如涌动在海面上的一朵朵浪花。
　　随风起伏的，除了草原上的草，还有草原上的歌声。
　　"美丽的草原我的家，风吹绿草遍地花，彩蝶纷飞百鸟儿唱，一湾碧水映晚霞……"引吭高歌的不是别人，是选派到彰武的驻村书记张伟，他也刚好带着沈阳的朋友来草原。
　　你看，这片草原不仅让每一个彰武人倍觉珍爱，也让异乡人充满了留恋。
　　2014 年，全省选派驻村工作队推进脱贫攻坚时，张伟主动报名到彰武乡村扶贫。在阿尔乡镇北甸子村驻村两年多的时间里，帮建档立卡贫困户致富，带患病的董福财书记看病，把村民的农产品拉到省城卖……2018 年，全省选派干部到乡村推动乡村振兴，他再次申请来到章古台。57 岁的他克服了年龄大、身体不好、路程远等重重困难，在沈阳与彰武两地来回奔波 5 年之久。

记得在彰武电视台《每周一谈》节目中，他说过这样一句话：放不下对这片土地的牵挂，对这片土地是绿叶对根的情谊。

家乡的格桑花开了吗？在外地打工的村民在微信里问张伟书记。

他回复：格桑花开了，一年比一年开得好！

这是最好的见证——草原，是开满幸福花的草原。

有人不相信眼前的风景是从沙地上长出来的，便会问：那曾经裸露的流动沙丘、半流动沙丘是什么样的？

哪还有沙丘呢？风沙肆虐的侵害，大多留在记忆里了。

不过，要真想对比一番，还是有迹可查的。在草原的深处，有一处斑块，那是最后一片裸露的沙地，是作为一块警示地特意留下来的。那里没有一丛沙蒿，没有一行脚印，是完完整整一片远去的沙漠的缩影。

"这不就是库伦旗的银沙湾吗！"

"我找到了撒哈拉沙漠的感觉……"

来过的人都会这么说。

2022年，这块地已铺上了网状的草方格。站在高处向下看，20世纪50年代研究所科技人员总结出的"中国魔方"再度呈现，第一代彰武治沙人奋斗的场景也随之重现……

2023年，这片草地已经绿起来了，再看不到任何一块裸露的沙地。

因为看不到，所以这段文字也只能就此打住。

最后，分享几个好消息——

2020年，《辽宁日报》刊发了这样一篇文章——《这两年，辽宁沙尘为啥少了？》。

答案是这样的：彰武草原生态恢复示范区建设项目的实施，对减少沈阳大气降尘量发挥了显著作用。

不妨再说详细些：建设山水林田湖草沙生态草原综合体后，彰武的植被覆盖率由治理前的不足20%提高到80%以上，植被草层高度由治理前的5～7厘米提高到30～40厘米。县内原本裸露的流动沙丘、半流动沙丘已全部固定，彰武县域扬沙天气由40天减少到18天，同时草原周边的大德、后新秋等乡镇降水量明显增加。2018年以来沈阳的大气降尘量呈明显下降趋势，下降幅度为8.6%。所以，才有了上文。

2021年，中国美丽休闲乡村公示名单出炉，彰武县大德村榜上有名。

生态得到恢复后，彰武县以生态产业化和产业生态化为主线，加大美丽乡村建设力度，培育民宿、农家乐、汽车营地等生态产业化体系，实现了生产生活生态同步、农业文化旅游一体，打造了辽西北地区首个集现代农业、生态牧场、休闲旅游、田园社区于一体的"生态彰武"草原综合体，全国各地的游客纷至沓来，彰武县的旅游业创下了历史新高。

2022年，彰武由山、水、林、田、湖、草、沙构成的生态美景在首都北京亮相。

北京火车站新华社电子显示屏展示了彰武生态建设宣传图片，北京王府井百货、北京朝阳火车站也通过电子屏展示了彰武生态美景。彰武人民创造的"人进沙退，绿进沙退"的奇迹呈现在全国人民面前，彰武的知名度、美誉度也大幅度提升。

2023年，彰武县在草原生态恢复示范区举办了"漠上草原马拉松欢乐跑"，来自国内外的1400余名选手参赛。他们从位于章古台镇的沙地所植物园出发，经由万亩松林、草原示范区、草原驿站、千年古枫、德阁山,直至终点德力格尔风景区。奔跑在21.0975公里的赛道上,他们不仅领略到彰武将沙漠变成绿洲的成果,更感受到了一代代彰武人治沙的艰辛。

选手们都说:"彰武70年治沙也是一场马拉松!"

从茫茫大漠到绿水青山,从美丽生态到美丽经济,彰武人赢了。

走在绿富同兴的路上,彰武人的心里——美!

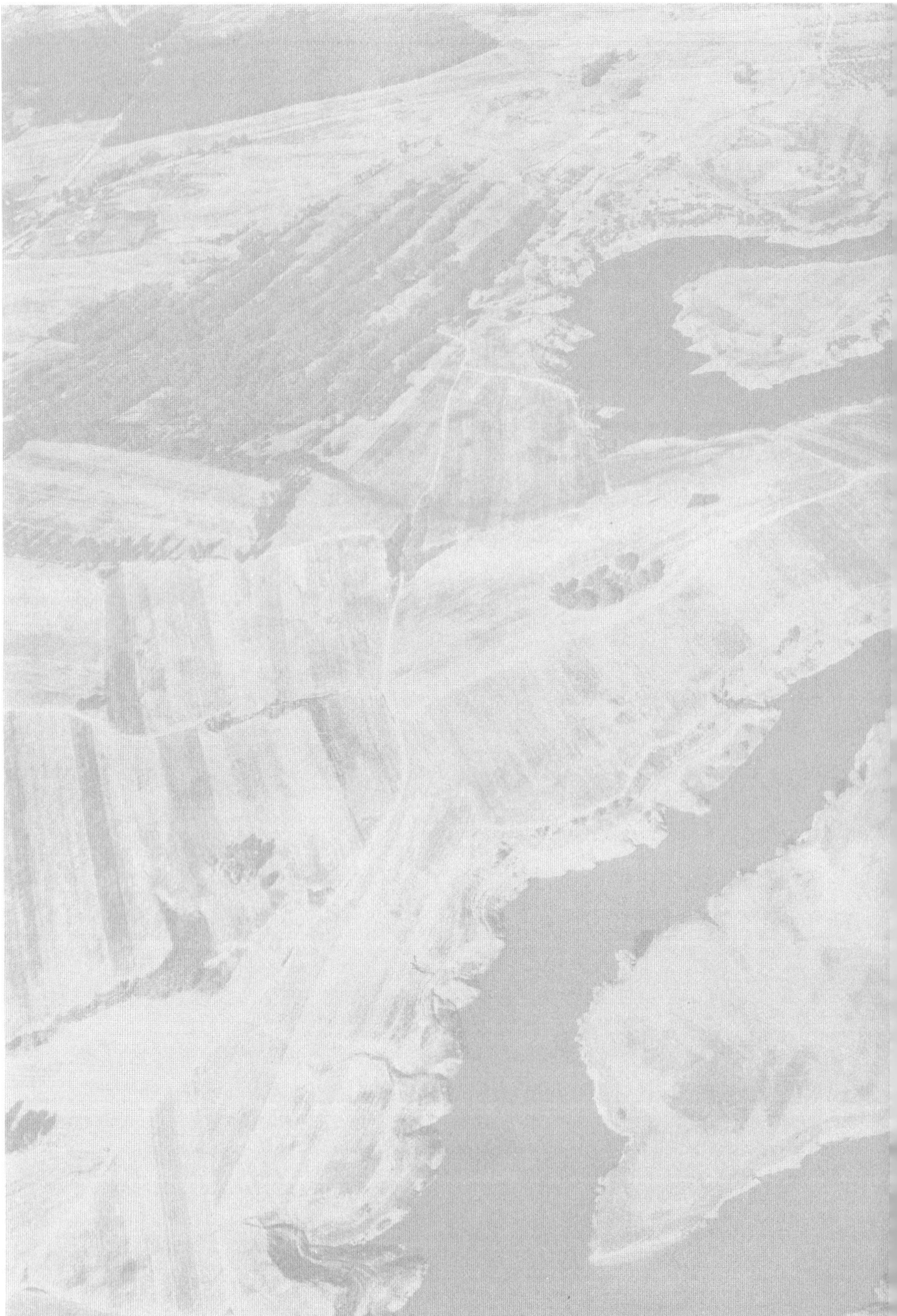

| 第四章 |

柳河的黄金时代

柳河作为彰武的"母亲河",水土流失严重,彰武县委、县政府按照习近平总书记"以水而定、量水而行,因地制宜、分类施策"的总要求,秉持"留住水、改良田、护生态"的理念,意在通过实施柳河流域生态综合治理工程,延伸草原生态恢复的生态治理效应,探索"以水含沙"的新模式,从而实现水资源利用最大化,生态治理最优化。

| 第四章 | 柳河的黄金时代

记忆中的河

柳河，静静地流淌，偶尔清风吹来，泛起一阵阵涟漪。

她是滋养千千万万个彰武儿女的母亲河。

饮水思源，栖息在她身边的我们不禁会问：她从哪里来？

从远方奔涌而来。

远方有多远？

比 100 年远，比 1000 年远，比 5000 年还远。

她从 5700 年以前来。

她从哪里来，我们便从哪里来。

当一轮红日带着万道霞光喷薄而出，当北纬 42°线上的柳河东岸出现第一座草房，当陶制的炊器里翻动煮沸的谷米，新的一天悄悄来临，我们看见身着兽皮的先民在苍郁的深林里，在葱绿的草原上追逐鹿羚、采摘野果……这生机勃勃的画面是极目远眺里的远古真实。

临水而居，缓坡架屋，曾经生动的历史可以在境内发现的 14 处遗址中找到印记。石镞、石刀、石镐、石磨棒、石磨盘、石斧等石器

那木斯莱之蓝：彰武70年科学治沙实录

和彩陶、"之"字纹陶、绳纹陶等器物和陶片……那些出土文物，无一不见证着古代先民们曾在柳河沿岸劳动、生息、繁衍，创造了灿烂的文明。

柳河，一条孕育文明的河。

当你走在河的沿岸，当你抚摸那座辽代古城遗址的石碑，当你向远方眺望，你会发现田野旁不断出现的凸起，垄间密集的碎石瓦片。也许不该如此简单地叫它们凸起和碎石瓦片，因为那凸起是曾经出现过古建筑的地方，那碎石瓦片是古城遗落的青砖瓦、布纹瓦、陶瓷片……吹过辽代的风吹过河谷，曾经繁盛的古壕州城依稀可见。

历史。沉淀。

河有多长，记忆就有多长，泥土中的宝藏就有多厚重。

如果说时间是经，空间是纬，那么，纬线上的柳河又有着怎样的来龙去脉？

奔腾在天地之间的柳河，发源于内蒙古奈曼旗，全长302公里，流经彰武县段长129.4公里，其中在彰武段跨穿闹德海水库。闹德海水库位于柳河中上游，因附近的闹德海村而得名。闹德海，蒙古语"敖套壕"的转音，汉语"白沙湾子"的意思。

肚量大，是闹德海水库最显著的特点。水库大坝是空心的，从大坝侧门进入大坝腹腔，走过150多个台阶才能到达大坝腹中。作为柳河上游唯一的大型水利枢纽工程，闹德海水库除了能发挥防洪滞沙的作用，还具有农业灌溉、工业供水等重要功能。

大家都知道水稻是辽宁省盘锦市的特产，却很少有人知道，辽宁省鞍山市台安县的稻香也是相当诱人，这其中也有闹德海水库的功劳。闹德海水库有5个底孔闸门，每年6—9月汛期为空库迎洪水度汛期，其余月份为关闸蓄水及供水期，每年可向下游的盘锦和台安等地提供稻田灌溉用水约 7000 万立方米。

灌溉着下游农田的柳河水，也向辽宁省阜新市提供了生产生活用水。1994 年，全长 92 公里的闹德海水源工程通水后，纵横 2 县 1 区 16 个乡镇，跨过大小 25 条河流、近百条冲沟，穿越铁路和公路，每年向阜新市区供水 1300 多万立方米。

担负着生命源泉、工业血液、城市命脉光荣使命的闹德海水库，还是一处闻名遐迩的景点。

水库大坝，是最好的观景台。站在那里，水光山色会为你纵情展开，田园美景会向你扑面而来。如果赶上开闸放水，你还可以领略到坝孔喷涌而出的狂涛巨浪。索性再畅舒心怀吟上几句"东临碣石，以观沧海。水何澹澹，山岛竦峙。树木丛生，百草丰茂……"则更不知身在何处，也不知今夕何夕了。

而后，让我们欢喜的柳河也让我们忧。

断流。干涸。

河水哪儿去了？

黄沙又是从何处来？

柳河属典型的多泥沙河流，由于多年连续干旱，下泄拉沙的洪水不多，致使断流长度不断增加，泥沙淤积速度加快，河床不断抬高。河床抬高后，流沙面积增大，两岸形成次生沙地，造成农作物大量减产，栽植的树木难以成活，给群众生产和生活带来很大影响。

在泥沙淤积的险段，还曾出现过严重的伤亡事件。据柳河沿岸的村民讲，早些年，就有两个老乡被淹在这河里了。

"救上来没？"

"没有。"

"死了？"

"死了……"

起初，每一个听者都不相信。

"这河底都露出来了，还能淹死人，何况还是成年人？"

"河底全是泥沙，陷进去的人站不住脚也迈不出腿，根本没有办法爬上来。岸上的老乡看同伴被埋一半了，赶忙上前搭救，结果两条人命都被淤泥吞了……"

多么令人震惊！

为了不让悲剧重演，彰武人曾做过多种努力：加固加高堤坝，在沿岸栽树建林带，可是只能治标，难以治本。

近年来，受多风少雨天气影响，柳河水位持续下降，河床裸露的现象愈演愈烈。尤其到了枯水期，风沙肆虐更是严重。作为辽河右侧的一级支流，柳河携带的大量泥沙几乎毫不保留地输入了滔滔的大辽河。

柳河，不仅给辽河治理带来极大的隐患，也严重影响着辽宁中部城市群的生产和生活安全。

如何让"北方小黄河"的流沙停下来？

如何让"塞北小三峡"闹德海水库造福一方百姓？

彰武在思索……

北方小黄河有救了

2019年早春三月，冰雪刚刚消融。

刘江义独自一人来到柳河岸边，他把带来的草籽悄悄地放在草地里。

南来的候鸟该回来了，千里迢迢，它们一定饿了。

这样的镜头已不止一次出现在这里。自两年前候鸟来此做客，刘江义便对这里多了一份牵挂。他要留住这些候鸟，让这里成为它们永远的家，年年来种草，年年来投食。

同时，他也养成了一个习惯：到柳河岸边"散步"。

这种散步近似于徘徊。

有什么事让他思虑重重？

当然是柳河沿岸9个乡镇耕地沙化严重的问题。

针对这一问题，县里曾采用过"以调减沙"的措施，调减大田内花生等无茬作物面积，改种玉米等有茬作物以抓住土质疏松的沙地，可是小苗刚长出来，便被地表温度极高的沙地烤死。之后又用过"以肥改沙"的办法，使用有机肥料虽提升了地力，但固沙效果却不理想。

如何从源头治理耕地沙化现象？他在绞尽脑汁地琢磨。

他想起了辽河岸边的七星湿地。绿树成荫，芦苇丛生，候鸟翱翔……那片人与自然和谐共处的桃花源就是在沙地上建起来的。稻田能涵养水源，调节气候，维持生态平衡，他有了以稻田湿地防风固土的想法。

他首先请县人大常委会主任王迎春和县政协主席孙奎元分别到河南漯河、吉林梅河口进行考察。随后，责成后新秋镇流转沙化耕地200亩作为试验田，在5月天气转暖时种植了水稻。试验表明，这个办法不仅能扩充湿地面积，强化生态效应，还增加了农民的收入。

这一年，有一个好消息传来，那就是鸭绿江东水西调工程竣工。由于彰武沙化严重、水质恶化，广大群众饮水用水始终是一个难题。打开水龙头，流出的是浑浊的水，白米饭做成黄米饭，暖壶出现厚厚的水垢，衣服洗得变了色……真是苦不堪言。辽西北供水工程开通使用后，老百姓就可以用上清澈的水了，闹德海水库也将由阜新市城市水源地变为备用水源地。

水是农业发展的根本命脉，作为农业县的彰武十年九旱，不是一般的缺水。闹德海水库每年存余可达5000万立方米，要是能让这宝贵的水资源润泽彰武大地，那该多好。

这是个喜忧参半的消息。

喜的是柳河有了焕发光彩的可能，忧的是没有资金。沈阳市沈北新区的七星湿地可是投巨资兴建的，捉襟见肘的彰武上哪儿弄这一大笔资金去？

可是，也不能眼睁睁看着柳河水从彰武大地白白地流啊，得想方设法留住！

| 第四章 | 柳河的黄金时代

如何留？

建设稻田湿地。

没有钱还想办大事，这简直是天方夜谭，县委领导万分焦急。

就在这一筹莫展之际，事情出现了转机。

7月27日，辽宁省水资源管理集团相关领导带着治水护河、改善生态的决心来到彰武调研。在陪同调研团队一行实地察看柳河沿岸的河堤、河道现状和滩地治理等情况时，刘江义将自己的设想说了出来。辽宁省水资源管理集团相关领导表示，他们将充分发挥国企责任担当，全力推进柳河综合治理。

这一年，习近平总书记在黄河流域生态保护和高质量发展座谈会上发表的重要讲话传遍了神州大地。"要坚持绿水青山就是金山银山的理念，坚持生态优先、绿色发展，以水而定、量水而行，因地制宜、分类施策，上下游、干支流、左右岸统筹谋划，共同抓好大保护，协同推进大治理，着力加强生态保护治理、保障黄河长治久安、促进全流域高质量发展、改善人民群众生活、保护传承弘扬黄河文化，让黄河成为造福人民的幸福河。"这是习近平总书记为治理黄河开出的"药方"，这个意义非凡的药方让大家感到格外振奋，因为，"北方小黄河"有救了。

让柳河成为造福彰武人民的幸福河！为早日将规划蓝图变为美好现实，彰武县自然资源局会同辽宁省水利水电勘测设计研究院历经50天，从9个乡镇备选的12.1万亩土地中，通过实地踏勘、入库落图比对，最终在大冷、满堂红、冯家3个乡镇确定将50375亩土地列入建设水田湿地计划。

在项目的谋划前期，为了精准研判项目的可行性，阜新市和彰武县两级领导先后21次约请辽宁省水利水电勘测设计研究院、辽宁省农业科学院、沈阳农业大学的专家教授，深入项目规划区域，反复论证了项目的可行性。

在考察论证会上，辽宁省农业科学院的一位专家说："发展水田首先要解决水资源的问题，彰武地区特别是大冷镇附近具备发展水田的先决条件，同时地理环境造成昼夜温差大，有利于干物质积累，土壤微碱性更利于水稻口感的提升。"

专家组一致认为彰武地区大力发展水田前景可观。方案通过后，工程定位为集生产、生活、生态为一体的柳河流域综合治理工程。

经过测算，实施柳河流域生态综合治理大约需要投入资金30亿元，是当时彰武县5年财政收入的总和。就如何解决资金问题，县委、县政府在经过反复研究国家土地指标占补交易政策后，携手辽宁省水资源管理集团，决定向政策求思路，向市场要资金，开辟了以政府主导、企业为主体的市场化运作大项目的新模式。

2020年7月17日，借船出海的彰武迎来了一个改变命运的高光时刻，"以树挡沙""以草固沙"之后生态恢复的第三篇章——"以水含沙"工程正式开启了！

这一天，《柳河彰武县段综合治理与土地整理项目合作协议》签约仪式在县政务服务中心如期举行。辽宁省水资源管理集团与阜新市代表双方签署了合作协议。该项目总投资约30亿元，采取市场化运作模式，对长度70公里的柳河彰武县段防洪工程进行综合治理，完善柳河彰武县段防洪体系、提升防洪能力；同时建设沿河70公里生态带，城区段4.3公里、238公顷生态景观。项目完成后，不仅可以有效保证沿岸群众生命财产安全，还可以形成50多平方公里湿地生态效能，对于防风拦沙、改善辽河流域、筑牢辽宁中部城市群生态屏障具有重大意义。

这次合作是贯彻落实习近平生态文明思想，推进辽河流域综合治理的生动实践。

7月27日，也就是签约仪式后第10天，彰武县委、县政府就召开了柳河综合治理工程工作领导小组协调推进会。会议听取了柳河综合治理工程开工前期准备工作情况汇报，并现场办公研究协调解决项目推进中遇到的12项重点问题。会上，刘江义说："柳河综合治理工程与彰武的建设发展密切相关，与全县百姓的利益密切相关，我们一定要以高度的责任感和使命感全力打好这场生态建设攻坚战。"

参会人员深知这是一项为彰武人民谋福祉的民生工程、民心工程和生态工程，他们当即表示：一定会全力以赴，保证项目按计划进行！

那木斯莱之蓝：彰武70年科学治沙实录

土地是这样流转的

和"以草固沙"一样，"以水含沙"的大前提同样也是要进行大规模土地流转。

土地流转涉及大冷、满堂红、冯家3个乡镇，10个村，2891户，5万多亩耕地。一次性流转这么大面积土地，在辽宁乃至全国都不多见。

为此，县里成立了3个工作组，组成"红马甲"宣传队、"心连心"入户组、农户40问解答组走家串户进行宣传。

刚开始，工作进展得还算顺利。过了一阵子，进度就慢了下来。

当时，正赶上秋收，村民要起早去地里收割，工作组人员就赶在村民收割前去他们家里做动员。村民中午在地里干活不回来，工作组人员就等到晚上去。村民晚上七八点钟收工回来，工作组人员就在村民家门口等到七八点钟。后来，工作组人员干脆到村民的地里，一边帮着收割一边找机会跟他们沟通。

"这是千载难逢的好机遇。如果没有这次辽西北供水工程开通使用，将闹德海水库水由饮用水调整为农业用水，治沙的进程还得慢慢地来。现在若能抓住这个机会，就能加快推进治沙的步伐，而且建水田湿地，粮食还能增产，彻底改变乡村的环境和面貌。"

有的村民被工作组人员的举动感动了，也深深理解了治理工程的意义，表示支持。

可也有村民就是不同意。

"我这是甸子地，年年产量都不差，再说今年这玉米价格又上涨了。"

还有的嫌给的钱少，认为不划算，说："人家后沟'希望农场'给的比这多。"

"这日子过得没啥闪失，还折腾个啥？"

还有人，工作组人员一跟他提土地的事，他就从心里往外抵触。帮他收割他不抬头，跟他唠嗑他不应答，就是一个劲儿抽烟，一连抽七八根，一声不吭。晚上去他家做动员，他听见敲门声立即关灯。

很明显，流转土地工作到了瓶颈期。

工作组为此很是着急。镇里的干部也一筹莫展，他们天天掐着未同意的流转土地名单研究，急得火上房。

流转土地的3个乡镇中，难度最大的是大冷镇。

一是流转土地面积大。大冷镇有10个村，涉及土地流转的有4个村，1100多户，土地1.7万多亩，土地流转面积占整个工程的三分之一。

二是大冷镇属于少数民族聚集地。大冷镇，全称大冷蒙古族镇。"大冷"是蒙古语"达楞"的谐音，汉语意思是："高高的沙丘或山冈"。当地的很多村民都在使用本民族语言，沟通起来比较困难。

大冷镇的上三家子村、木头营子村、蛤蟆屯村、程沟村4个村中，上三家子村是难中之难。

上三家子流转土地为1万亩，占流转土地总数的22%。这是其一。

这个村的大多数人都讲蒙古语，有的年长者对汉语的理解还不是很透彻。这是其二。

至于工作人员说的乡村会变美，产业会变得兴旺，到底美到什么地步，兴旺到什么程度，那是上三家子以外的世界，村民很难想象出来。

想不出来不要紧，可以走出去，开开眼界。

2020年9月14日，大冷镇政府特意组织村民游了一次"稻梦空间"。

"稻梦空间"是何方仙境？

不远，就在沈阳市沈北新区兴隆台锡伯族镇。

听说是去附近的一个镇，开始村民并没有当回事。可一进了"村"，登上观光塔，感觉就完全不一样了。

大地还能种画，稻田还能变色，太不可思议了。

带队的镇政府工作人员说："这些年，咱们国家发展速度就跟那飞奔的火车一样，你们说对不？"

村民笑着回答："那是！"

阵阵稻香扑来，声声蛙鸣传来，群群飞鸟掠过。

"这咋跟走在梦里似的呢？"村民说。

镇政府工作人员接过话茬："如果大伙都愿意，咱们的旱地也能做画板，画出这片希望的田野来。旅游只是这里的品牌之一，人家这小镇观光、种植养殖、水稻精深加工等多产业融合发展，富得能流油。"

他们继续朝前走，看到一个拱形门，上面有几个大字。

"超越梦想。"一个村民念出声来。

另一个村民补充道:"你没念全,应该是'我要超越梦想'。"

还有一个说:"依我看啊,应该是'我们要超越梦想!'"

"对,是我们要超越梦想!"大伙都笑着应和。

后来,又有一排字映入眼帘。大家齐声念了起来:"向着美好生活出发。"然后默默地笑了。

他们发现,自己的老观念正在悄悄转变。

回到村子里,好多村民签了协议。

但有的村民口里说同意,动真格时还是舍不得自己的地,不肯签字。

9月16日早上,一直关注此事的县委书记刘江义打电话向大冷镇干部了解土地流转进展情况,大冷镇干部在电话里如实汇报。

放下电话,刘书记陷入了沉思。

他想起2015年,习近平总书记在就做好耕地保护和农村土地流转工作作出重要指示时强调:"土地流转和多种形式规模经营,是发展现代农业的必由之路,也是农村改革的基本方向。"

大冷镇的地理位置正处在柳河最低处,土地沙化现象严重,建设水田湿地必须打头阵,不能卡在上三家子村。

那天上午,在县委会议室开完工作会后,刘书记立即赶往大冷镇上三家子村,他要和13个没签协议的村民进行座谈。

到了村部,刘书记招呼村民坐到自己身边。

刘书记望向村民时,村民正用充满信任和期待的眼神看着他。

他心里明白,改变现状是村民内心最深处的渴望,要是从他们的角度出发,把其中利害关系讲清楚,把集体的大账与个人的小账算明白,把话说到心里去,他们会认可的。

那木斯莱之蓝：彰武 70 年科学治沙实录

"建水田湿地之后，不仅能提升耕地质量，还能促进农业规模化、提升粮食产量，粮食一增产，我们的收入就会增加。到那时，咱们村民就近务工有了平台，可以通过打工、其他有偿服务获得叠加经济收入。

"更重要的是，这水田能形成区域湿地效应，有效遏制土壤沙化，可持久性地维系万物生长的水，源源不断地留给后人……"

村民仔细地听着，边听边点头。

望着村民，刘书记说："心里有啥解不开的疙瘩都说出来吧！"

"我家里养了好几头牛，地里打下的玉米秆能供牛吃，以后我上哪儿给牛找吃的去？"

"这水田湿地建设能保证我们的收入不会变少？"

"过两年政策变了的话，我们找谁去？"

村民们这个说自己的担忧，那个讲自己的顾虑。

站在村民的立场，刘书记逐一耐心解答。

那次座谈会是从 11 点 18 分开始的，一直开到下午 1 点半，开了两个多小时。

目送 13 个村民走出办公室，刘书记回到原地继续开下一个会。

村民走到村部大门外的时候，步子都慢了下来。谁也不打算往前走了，大家你瞅瞅我，我瞅瞅你，没有离开的意思。最后，他们不约而同地转回身，回到村部。

他们站在院子中间。

9 月的中午天气依然炙热，被热气流包围的他们却丝毫感觉不到。他们都知道刘书记的辛苦：风尘仆仆从县城赶来，没吃午饭，没有午休，没喝一口水，一个会接一个会……

他图个啥？还不是为了让咱老百姓过上好日子！村民越这样想，

越觉得自己早就应该签下这份协议。

当刘书记开完会从村部走出时,看到了齐刷刷站在眼前的村民,不禁有些纳闷儿。

他笑着问大伙:"又有解不开的疙瘩了?"

村民低下头,不好意思地说:"不是……"

"那为啥还站在太阳下晒着不回家?"

一个村民先开了口:"我们有一句话还没说……"

另一个接过话茬:"你这么忙,我们还给你出难题……"

"书记,你辛苦了!"一个村民走上前,拉住刘江义的手。

其他村民也都上前,握住刘江义的手。

他们的手和刘江义的手紧紧握在一起,久久不愿松开……

刘江义的眼中含着眼泪,村民的眼泪也在眼眶里转。

看到此情此景,大冷镇党委书记孙猛暗自为自己加油鼓劲儿:要千方百计把工作做到百姓心坎里。

面对各村不理解、不支持、不肯签协议的棘手农户,孙猛想出了一个"妙计":"咱们找到这些村民思想开通的'亲戚团'和'朋友圈',让他们帮助做思想工作。"

于是,工作组拿出了"放大镜",展开了"地毯式"搜寻。某某村民的儿媳是老师,工作人员就找到学校;某某村民的外甥是村医,工作人员就找到卫生院;还有远得不能再远的亲戚,也被他们找到了……

实在找不着关系的,咋办?

上门入户。一次不行,两次。不让进屋,就等在外面。村民去收秋,工作人员就走到田地里,跟着村民一起干。

看政府非要把这件事做成不可,村民开始谈条件了:建牛棚了,

那木斯莱之蓝：彰武 70 年科学治沙实录

盖猪圈了……

你若同意，我马上签。

遇到这种情况，工作组会第一时间联系环保和国土部门到实地进行鉴定，如果是非耕地、非基础农田，符合条件的，立即拍板儿解决。

还剩下最后一批"钉子户"了，白天去不开门，晚上敲门立刻关灯。

这可急坏了工作组人员。怎么能不急呢，这工作是从中秋节开始做的，眼下已经入冬了，再这样拖下去势必会影响整体进程。

对此，孙猛又生一计：咱们住在单位！

说住就住，一不做二不休，他们搬来了自己的行李。

村民起得早，他们比村民起得更早。每天凌晨三四点钟，他们就出发赶往"钉子户"所在的屯子。初冬的凌晨天还没亮，有一天下雪，他们的车子在拐弯时发生了侧翻，孙猛和镇长都被甩到了沟里，二人忍着疼痛爬起来，一瘸一拐上车继续赶路。顶着 11 月的寒风，他们"潜伏"在农户的大门外，等到农户开门的那一刻，抓住机会入户做动员工作。

那天早上，他们一瘸一拐地连走好几户。

他们忘记了自己身上的疼痛，苦口婆心，耐心劝导，给村民吃定心丸："你们放心，过去 1 亩地挣 700 元，绝不会变成 600 元，经济收入一分都不会少！"

看着他们摔成那样还坚持走村入户做动员，村民深受感动，签下了土地流转的合同。

孙猛对工作组人员说："我们每个人都要发扬治沙精神，不管遇到多大困难都不能退缩，一定要坚持到签完最后一份协议！"

领导干部都是捧着一颗公仆心为百姓做事的。这颗心最终被老百姓看到，感受到，也感动到。

就连最心硬的"钉子户"也转变了态度。

有一位姓武的村民，起初也是不同意土地流转的。他故意刁难工作人员，散布不正当言论，煽动村民反对村里搞水田湿地建设，态度非常坚决。通过工作组反复上门走访，苦口婆心跟他聊生计、谈发展，帮助他解决生活中的实际困难，他的思想逐渐发生了转变。特别是镇里的书记和镇长在雪地上翻车后，对他的内心触动很大。

当村支书带领工作组再次到他家做动员时，他说的第一句话是"我同意"，第二句话是"我要加入党组织"。

"这些年啊，我思想觉悟落后，谁要一提加入党组织，我都不以为意。但通过这次水田湿地建设，我看到咱们的党员干部是真行啊，真给老百姓办事啊！我也是一个有血有肉的人，也想帮助乡亲们干点事，我要加入党组织……"

他一边激动地说着，一边从上衣口袋里掏出了一份已经写好的入党申请书，毕恭毕敬地交到了村支书的手上。

春风化雨，情润民心。大冷镇如此，满堂红镇、冯家镇也是如此。从开始到流转工作完毕，从穿衬衫入户到穿棉衣进地测量，历经了90天，全县党员干部凭着苦干实干和钉钉子精神，终于完成了5万多亩土地的大流转。

这胜利，归功于党员干部甘于奉献，归功于百姓的理解和支持，归功于美丽的同心圆。

打造塞北江南

开局就是决战，起步就是冲刺。

按照计划，春节一过，柳河流域彰武县段综合治理一期工程就开工。工程设定的工期仅有两个半月的时间，5月25日前必须开始插秧。

可是，还有3道难题没有破解：群众没有领到流转金；地里尚有越冬的秸秆没有出地；土地还没有融化。

在急难险重面前，县委、县政府果断作出决定，立即成立前沿指挥部，住进项目区，全时段跟踪服务，解决项目施工中遇到的问题。

群众利益大如天，不能让村民认为自己的土地打水漂了，必须想办法解决流转费，给群众一个交代；

抢抓时间，有效作业，让秸秆快速离田出地；

针对土地冻结问题，认真排查，加强整改措施，排除裂缝、坍塌和下沉隐患，为施工创造便利条件。

2021年3月1日，农历的正月十八，正当人们沉浸在春节的欢乐气氛中时，中铁十九局等4家具有一级资质的国企已入驻彰武。

第四章 柳河的黄金时代

柳河流域彰武县段综合治理一期工程正式开工了！

寂静的柳河沿岸，一下子沸腾起来。

一辆辆大型推土机、挖掘机、重型卡车往来穿梭，形成绵延数公里的施工战线；一组组施工人员紧张有序地忙碌，热火朝天的建设场面与寒冷的天气形成了鲜明的对比。

在壮观无比的场面中，还有一条红色的标语格外醒目，"引水治沙，造福人民"，8个大字力重千钧。

北方的正月寒冷无比，在这样的环境里施工，艰苦程度可想而知，但每一位施工人员的工作激情都不减半分。为加快工程建设步伐、保质保量完成任务，项目工人、技术人员、管路人员放弃了每一个节假日，不分昼夜地在施工一线作业。

在冰冷的泥层中摸爬滚打，以磨破的手掌端起盒饭充饥，在日升月落间连续奋战，每一个瞬间都感人至深……

有条件要上，没条件创造条件也要上！

遭遇硬度极大的岩石层，寸步难行，他们毫不退缩。

河沙层泉眼喷射，雪上加霜，他们迎难而上。

沼泽层没有支撑，几欲塌方，困难扩大数倍，他们竭力化解。

拿出了非常之举，使出了非常之力，具有"铁人精神"的他们冲破了一道又一道险关！

除了见证一支铁军，我们更看到了大型国企强大的技术实力与社会担当：在超出之前施工预算时，不计代价再次投入，最大限度地赶工期、抢进度。不到1个月时间就完成了探槽开挖工程10.4万立方米，完成土地整理工程配套灌溉工程敷设输水管线14公里。

这如同接力赛一般的速度，离不开另一支队伍——工程指挥部。

副总指挥王旭东说，他们每天至少要完成10项工作。

会同项目建设单位、施工单位、监理单位随时研究施工方案；

紧随施工单位的时序流程，配合监督工程质量和工地安全；

在现场解决各工地的涉农问题；

协调保障地方性的供给问题；

帮助聘用农民工；

每天向县委、县政府书面汇报工程进度；

协同县委宣传部记录施工场景；

随时接待各级领导到工地检查；

组织工地做好疫情防控；

⋯⋯⋯⋯

王旭东是彰武草原生态恢复示范区管理委员会副主任。2019年，他带领草原建设者在刺骨的寒风中挺进广袤沙海，打响了一场在沙漠中建草原的战争，为彰武生态建设立下了汗马功劳。如今，他再次走上"以水含沙"的战场。

在施工现场，他带领指挥部人员不分白天黑夜地连轴转工作，身上被寒风打透，双手冻得发紫，脸上一层又一层地爆皮……面对恶劣的自然环境，他们越战越勇。

无论是来自外乡的建设者，还是彰武的党员干部，他们都在为"引水治沙，造福人民"艰辛地付出。这一切，当地的老百姓看得一清二楚。他们每天跑到施工现场，关注着工程的进展情况，有的用手机拍照片、录视频，记下了难忘的场景。

大冷镇上三家子村施工场地，一位曾反对过建设水田湿地的村民说："他们这样撇家舍业，没黑天没白天地吃辛苦，都是为了咱老百姓啊！"

看到老百姓对这个生态项目的认识提高了，不仅支持，更有感恩，大冷镇干部为当初"爬冰卧雪"签下一份份协议感到值得。

"爬冰卧雪"是大冷镇党员干部为完成流转土地工作留下的一段佳话。

无独有偶，如今，又一个感人的故事在建设工地流传。

施工人员说，大禹治水三过家门而不入的故事，黄河之上有，彰武的柳河之上也有。

到底是怎么一回事呢？

原来，这故事与工程指挥部副总指挥王旭东有关。

柳河流域彰武县段综合治理一期工程是2021年3月1日开工的，自那天走进施工现场，王旭东就始终围着项目建设转，整整40天没踏进过家门。年迈的母亲等在家中，他没时间问候，更没机会看望。5月9日那天，是一年一度的母亲节，王旭东在工地里一直忙到晚上才想起这是个特殊的日子。

借着工地的灯光，王旭东拨通了老母亲的电话。

"妈，我在工地呢，今天是母亲节，我不能回去看您了。"

电话那头，母亲关切地问："你在工地吃得咋样？睡得咋样？"

"妈，您别惦记，我在工地挺好的。"

"儿啊，你离开家时穿的是棉大衣，现在天暖和了，该穿单衣了，记着抽空回来……"母亲想他了。听到这里，王旭东这个50多岁的硬汉子眼眶湿润了。

对党和政府交给他的任务，他竭尽所能，心无愧疚，可面对自己的老母亲时，他是不孝的儿子啊，不能陪在身边，不能亲自照顾……就连此刻，仅仅几分钟的电话都是挤出时间打的。

"妈，等水开通了，我就回家。"王旭东挂断电话，转身又投入夜色中的施工现场。

那木斯莱之蓝：彰武 70 年科学治沙实录

40 天，没踏进家门，那是对 5 月 9 日而言，事实上一直到工程结束，整整 65 天，他一直驻扎在建设工地。

正因为有了王旭东和无数个像王旭东一样舍小家顾大家、忘我奉献的人，旱田与水田的距离才一次次缩短。

春意渐浓，工程进展迅速。

"这速度，像眨眼睛似的，太快了！"

负责项目的人员说，照这个速度，很快就能将水引上来。这一年计划完成的水田湿地建设 1.2 万亩，在 5 月初就能实现水田注水，下旬就可以进行稻田插秧了。

果然不出所料，开工后的第 84 天，1.14 万亩水田完成整理。5 月 15 日那天，项目一期 1.2 万亩水田湿地建设完工，22 公里的引水管线工程于 5 月 25 日全线通水泡田。

正式通水那天，大家都早早地来到了改造后的田间，他们要亲眼看见水流出来的场面，共同见证那必将载入史册的时刻。

下午 1 点钟，从闹德海流出的水进入了人们的视野。当看到滚滚清流涌入地界，在场的人没有一个不激动万分。

"水来了！水来了！水来了！"

乡亲们大声欢呼着。

大家的眼睛潮湿了。

引水入田，马上就可以插秧了。

昔日旱田变水田，稻海飘香孕丰年。2021 年 6 月 12 日那天，彰武县迎来首届插秧节。

插秧节活动设在满堂红镇柳河综合治理水田湿地项目区蘑菇沟村。蘑菇沟，名字里藏有水的地方，仿佛一开始就知道终会有梦里水乡的到来之日。

史无前例的插秧节令在场的观众无比兴奋。说他们是观众并不准确，应该称他们为回归者更为恰当。

众多的回归者——那些笑逐颜开的男女老少走进水田，在大地的舞台上，一字排开。他们左手拿着秧苗，右手向水田中轻点，不一会儿，一簇簇秧苗就整齐地站在了水田里。

水田里，不时传来一阵阵交谈声。

"没想到，白花花的沙坨子即将变成绿油油的稻田。"

"说的是，我脚下的地去年种的是玉米，今年就要出稻米了，这才叫改天换地呢！"

"以后再也不用'吃沙子'了，也不用为'十年九旱'发愁了。"

一阵咯咯的笑声传来。

"地越来越肥，粮食越打越多，日子会越来越美！"

一排排秧苗插入水中。

一个个梦想种在心田。

多么好的一幅"春耕图"！

稻花香里说丰年

水田湿地项目建设得好不好,稻田自己会说话。

微风吹过蘑菇沟、程沟、上三家子……稻田里,到处都闪着金灿灿的光。

沉甸甸的稻穗站在"田字格"里,等待着收割。只不过,它们等待的不是某一个村民,某一双长满茧子的手,而是既提高工作效率又降低成本的大型水稻收割机。随着一阵阵轰隆声,排列有序的收割机进入了自己的用武之地,仿佛就在眨眼之间,稻田全部收割完毕。村民连腰都不用弯,只需花上些收割费,就可以坐等收成了。

"这稻穗沉实,籽粒饱满,差不多能有 2 万元收入呢!"村民乐得合不拢嘴。

"今年大丰收了,得庆祝一下,让周边的百姓看看咱蘑菇沟可不是从前的蘑菇沟了。"

村民说的是实话。蘑菇沟地处偏僻,很少有人光顾,也很少有人知道——即便听说过,恐怕也是因为穷出了名的缘故。

庆祝丰收，分享喜悦，村民有此愿。

展示新农村风貌，汇聚向上力量，镇里有此意。

二者一拍即合——晒幸福！

日子不用选，咱老百姓不是有自己的节日吗，就在那时晒。

"咱自己的节日"指的是农民丰收节，准确地说是中国农民丰收节。这可不是一般的节日，这个节日是党中央批准、国务院批复设立的，充分体现了以习近平同志为核心的党中央对"三农"工作的高度重视，对广大农民的深切关怀。

2021年9月23日这天，第四个中国农民丰收节到来之际，满堂红镇的丰收节在蘑菇沟拉开帷幕。那一天，当地村民和周边群众早早来到现场，共同见证满堂红镇的"喜气满堂"。一场丰盛的"文艺大餐"、一场竞争激烈的割稻子比赛、一组惟妙惟肖的稻草人雕塑……在不奢华又热烈的气氛中，大家尽情分享建设水田湿地后的丰收喜悦。

这个节日不仅调动起村民的积极性，更提升了他们的幸福感和获得感。

入冬时节，满堂红镇政府在闹德海雪村举办了冰雪节。

灯笼与白雪，草房与冰车，秧歌与美食，沸腾的场面直撞心窝。尤其腊八节那天，节日氛围更是浓厚，中央广播电视总台记者组成的采访团也来到这里，让热烈的气氛再掀高潮，他们和老百姓一起踩高跷、剪窗花、蒸豆包……长达37分钟的现场直播让名不见经传的满堂红镇一下子火了起来。

红红火火满堂红。

满堂红，可以这样理解：形容全面胜利或到处兴旺。

红红火火的，真的不只有满堂红镇。

那木斯莱之蓝：彰武70年科学治沙实录

大冷镇咋样了？老百姓的生活咋样了？刘江义的心里一直惦记着。

过了腊八就是年，看看大冷镇的"年味儿"足不足，刘江义一个人走进了参与实施水田湿地建设农户最多的上三家子村。

村民一听是县里的刘书记来看望大家，都朝着村部的方向聚拢了过来。

还没等刘江义问，村民自己就先把话匣子打开了。

"刘书记，你看我们过得咋样？"一个村民拍着身上的新衣服喜滋滋地说。

紧接着又说："我们穿的啊，虽不贵重，但从里到外全是新的！"

多么自豪的自问自答！

刘江义看着村民，脸上露出了笑容，问："你们吃得咋样啊？"

"这不快过年了嘛，刚杀完猪。"村民说。

另一个村民补充道："去年过年，我们村杀年猪的人家30%都不到，今年已经达到了80%！"

"还是建设水田湿地好，连我这老头儿都有活干，有钱挣，能给孙子零花钱喽！"说这话的是一位70来岁的老人。他说自己在村里看水田、育秧苗儿、干零活，一天能挣100多块钱。

丰衣，足食，老百姓都欢欢喜喜迎接大年的到来，看到眼前的这一切，刘江义放心了。

建设水田湿地后稻田丰收是一方面，另外两个项目开展得也不错。

一是建了养牛场。二是开办了泳衣加工厂。

上三家子村民习惯搞养殖，除了建养牛基地、扩大养殖规模，还逐步树立典型，带动更多的群众富了起来。他们还通过招商引资，对外合作开办了泳衣加工厂。厂家提供原料，村民计件收入，这样农闲时村民都有事干，也能赚钱贴补家用。

事实上不止这两项，他们做的水田湿地项目建设后续文章是一部长篇。

除了做精做细做强彰武"沙泉大米"品牌、发展稻田养蟹、发展林下经济模式，他们还探索出了其他扩大增收的渠道——

比如产业发展。闹德海水库的水既然可以供应阜蒙和彰武两县多年，养育一代又一代人，那么将来经过加工过滤、设计包装、大规模生产，完全可以打造出饮用水的品牌。

再有就是建设"引闹"工程纪念馆。"引闹"指的是闹德海引水工程。把水田湿地项目建设的事迹展示出去，这也是弘扬治沙精神的一部分。让它成为一个红色网点，供大家参观。

镇里还打算在上三家子村建蒙古包和民俗一条街。蒙古包里可以烤全羊，民俗一条街可以卖一些土特产，还可以成立小剧团，展示蒙古族风情。还要引进稻田小火车，创作稻田画，开通旅游项目……总之，让老百姓赚到钱，这样他们心里就不慌了。

水田湿地项目建设后的第二年，大冷镇完全变了样。

林草叠加，水满田畴，云雾缭绕，如果不和曾经的旧貌联系起来，真的不会相信这里的景色诞生于风沙之地。

沿着木栈道向稻田中央走，湿润的空气扑面而来，像雾，像雨，又像风，令人怀疑自己行走于烟雨江南。俯下身，细嗅稻花芬芳，一层蒙蒙的雾气环绕周身。水田湿地项目建设工程，确实起到了一种区域性的生态湿地效应。

附近的村民说："以前，一刮风的时候，沙子顺着窗缝、门缝往屋里刮，炕上、地下到处都是，每天都得扫出去几撮子。现在好了，即使刮风也不起沙。"

这让人想起一句歌词：你是风儿我是沙，缠缠绵绵绕天涯。

在大冷镇，这句话不再成立。风是风，沙是沙，风与沙不再结伴而行。

沙子哪儿去了？被稻田按住了。

秋天稻子收割后，稻茬在地里是湿的；冬天稻根与沙子一起，被冰雪含固在田里了；刮春风的时候，稻田还没开化，刮不起来沙土；夏天稻田有水覆盖，就不必说了。

春冬留茬固沙，夏秋水面覆盖，稻子就像是一根根钉子，将沙子牢牢地固定在地里。

风小了，沙止住了，上万亩的稻田不仅改变了上三家子的生态，还辐射出50平方公里的湿地效应。

在稻田旁，立着一块展板，上面呈现的是这片稻田的"前身"——沙地原始风貌。沙地起伏，黄沙弥漫，凄凉满目，完全不是眼前这一片绿意盎然。

白主任说："以前，这里种花生和玉米，年年低产，如果再守着这片旱田继续耕种，村民的日子是不会有任何起色的。通过第一年水田湿地项目建设，村民平均每人增收3500元，收入比大冷镇全镇平均水平高出22%。"

这是事实，水田湿地一期工程于2021年建设完成后，实现了当年开工、当年耕作、当年达产，项目区的村民实现了增收。

白主任说："土地本身有收入不说，土地流转后，村民还能腾出身子，去干点别的工作，叠加的收入更多。当初没参加土地流转的村民开始羡慕起来，有的村民主动找镇里和村上，也想把自己的旱田变成水田呢！"

"我们都盼着水田湿地工程早日完成呢!"白主任充满期待地说。

白主任是上三家子村新上任的村主任。他叫白福龙，平时在村里很有号召力。一开始，他对水田湿地项目建设有相当严重的抵触情绪，对土地流转不支持，曾一度影响了土地流转工作的进程。经过工作组人员反反复复到他家做思想工作，他终于想通了，由一个"反对派"变成了一个"拥护者"。他不仅自己支持土地流转，还带动一大批村民签署了土地流转协议，为最后土地流转完成98%的目标起到了一定的促进作用。

看到党和政府一心为老百姓造福，年过50的他也要发挥自己的余热，为乡亲们做一些事情，所以他参选了村主任。组织上公正对待他参选这件事，他很感恩，当选后的他干劲儿也很足。

这说明了一件事：水田湿地项目建设不仅改变了生态，改变了收入，也改变了人心。人心是最大的政治，人民是最大的底气，只要坚守为老百姓谋幸福的初心，没有一件事是做不成的。

"以水含沙成沃土，乡村振兴有良田"，稻田中央，红色标语上的这14个大字绝不是一句空话。

为了助推乡村振兴，大冷镇搞了一片沙泉水稻认养基地，规模不小，认养户挺多，经济收入也非常可观。

水稻也能认养？咋认养？

大冷镇工作人员介绍道："客户只需在手机上安装APP终端，就可以对自己的'一亩三分地'进行24小时监控，我们将为客户提供从春种到秋收，从仓储到配送全产业链保姆式服务，同时客户还可以参与喜爱的农事环节，体验农耕乐趣，真正实现生态食品从田间地头到百姓餐桌零环节直供。"

"土地"与"餐桌"对接，这是一种时尚，也是一种健康生活方式。

那木斯莱之蓝：彰武70年科学治沙实录

民生衣食住行，民以食为天，食以安为先，能吃到自己看着长大的米，放心又开心，不失为人生一大乐事。

来大冷镇认养稻田者络绎不绝，因为大冷种水稻具有得天独厚的优势——由来自内蒙古科尔沁沙地渗水的弱碱性沙泉水灌溉，拥有珍稀天然小分子团结构及多种人体所需微量元素。稻田土壤为科尔沁沙漠弱碱性沙，通气透水，有机质分解快，抗逆性强，所产大米如珠似玉，晶莹饱满，米饭营养丰富，色泽油润，黏软滑腻。

这种沙泉香米如今已远销全国各地，市场价高达5元一斤也供不应求。不打一滴农药，不上一粒化肥，拒绝转基因和非生物工程培育，还原古法种植，达到美味健康，这该是大冷沙泉香米备受青睐的又一个秘诀吧。

辽宁省原副省长林声对这片土地有着极为深厚的感情。几年前，年近九旬的他特意为大冷镇题写了"塞北鱼米之乡"的匾额。

林声遒劲有力的书法，令人想起他那篇"遒劲有力"的文章——《黄柳精神赞》。

"我爱黄柳，首先是爱它的倔强精神和斗争精神。记得，在浩瀚的沙海之中，经常出现这种情景，每当狂风大作，飞沙袭来，周围蒿草低头退却，天上的飞鸟逃避无踪，唯有黄柳，昂首挺立，迎风而上……"

每当狂风大作，飞沙袭来，唯有黄柳，昂首挺立，迎风而上……

在彰武大地上，挺立着无数个像黄柳一样不屈不挠的探索者和奋斗者，所以，才有"留住水、含住沙、改湿地、护生态"的惊人壮举，才有"以水含沙"后生态美与百姓富的喜人画卷。

实施柳河流域生态综合治理和水田湿地建设工程，计划建设6万亩水田湿地，打造柳河百里湿地长廊，将黄沙地变成青草地，目前已完成1.8万亩水田湿地工程，实现了夏、秋季水面覆盖，春、冬季留茬固沙，有效改变了区域性气候，改善了耕地沙化问题，扩充了湿地面积。

"以水含沙"，从源头遏制河道及裸露土地沙源的同时，也初显了"塞北江南、鱼米之乡"的生态效应。

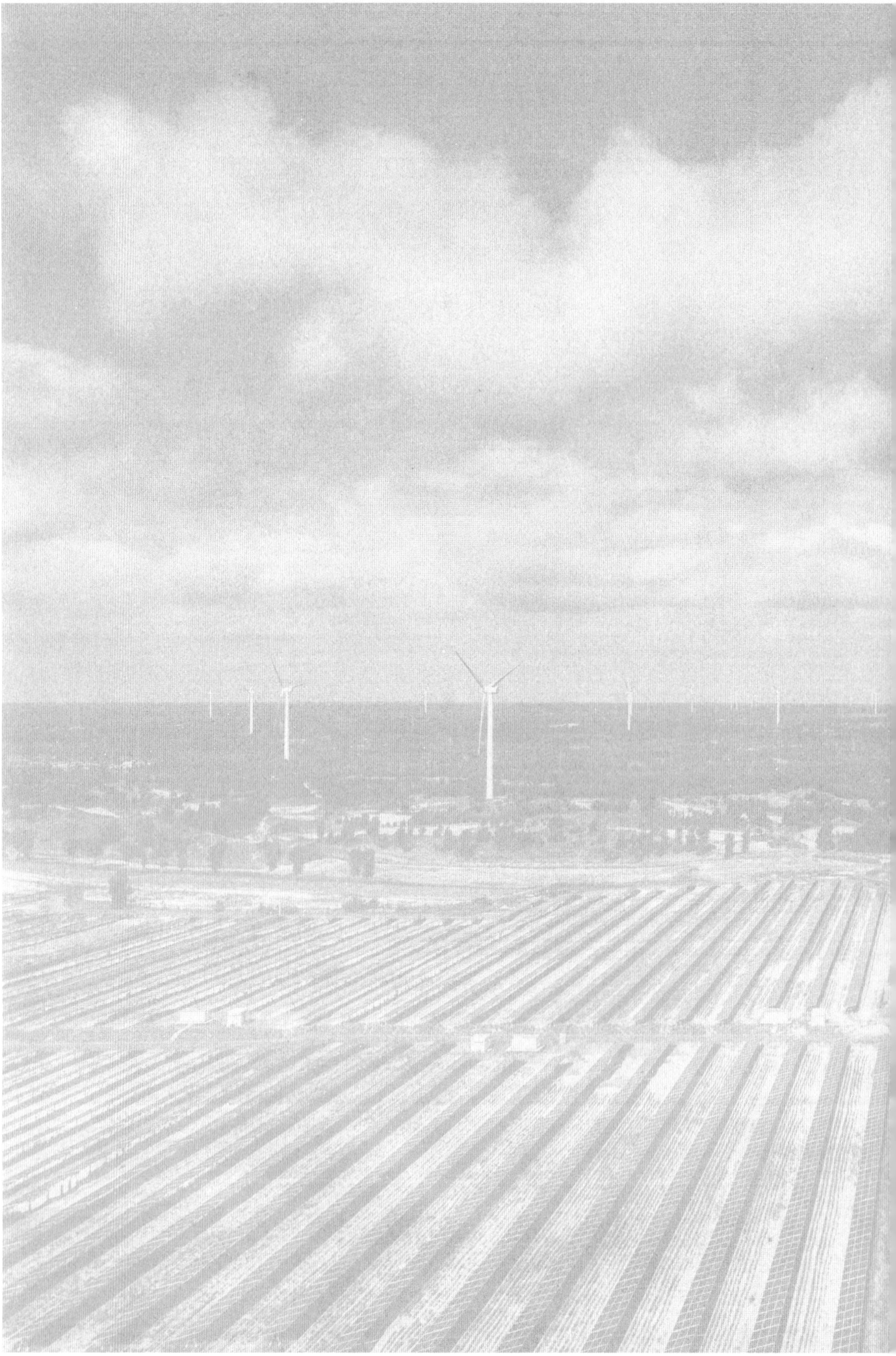

| 第五章 |

蓝色光伏海

深入贯彻习近平生态文明思想，立足沙化治理新阶段，贯彻沙化治理新理念，深入实施辽西北防风固沙工程，统筹推进山水林田湖草沙一体化保护和修复，推动经济社会发展全面绿色转型。彰武县按照防风治沙、土壤修复、作物种植、光伏发电及产业发展"五位一体"的总体方针，以"辽宁光伏+生态治沙产业大型基地"建设为抓手，坚持防沙治沙与发展产业、改善民生统筹兼顾，破解沙化地区人、地、生态间的矛盾，促进人与自然和谐共生。

"海"的现实意义与长远意义

每一棵树都接近天空,每一棵草都向绿延伸,每一朵浪花都奔涌向前……"以树挡沙""以草固沙""以水含沙",自向黄沙宣战以来,彰武人完成了有目共睹的治沙三部曲。

漫漫黄沙退去,彰武绿了。漫漫黄沙无情,彰武人不敢松口气。

别问为什么,先查查彰武的"家底":域内仍有沙化土地199.66万亩,其中沙化耕地有96万亩,几乎占了一半。

由沙子垫起来的家底,够"厚实"!

如果彰武人敢松口气,风沙就会卷土重来,生态环境就会遭到重创。手里的饭碗就会倾斜,饭粒就会撒出去。

说的啥意思?

粮食安全将令人担忧。

这根弦松了,经济也好不到哪儿去。

有效保护耕地迫在眉睫!

唯有如此,才能恢复生态环境,才能维护粮食安全,才能推动

那木斯莱之蓝：彰武70年科学治沙实录

经济发展。

怎么个保护法儿？

栽树？种草？

不行。

树要种在林地，草要种在草场，各有各的地盘。

沙化耕地也叫耕地，耕地是禁止被占用的，绝不能越界。

只能另辟蹊径了。

其实，蹊径是有的。并且，早在2012年彰武人就曾有过类似的尝试。

为了解决北部荒漠化严重区域农民收入低、收入来源单一的突出问题，彰武县在阿尔乡、冯家等镇开始尝试发展光伏产业。

几年后，彰武人意外地发现：蓝色的光伏板下面长出了草，而且是绿油油的。

难道是光伏板产生了作用？

不无道理，沙地被光伏板遮挡，减少了水分的流失，如此，小草才有了成活的机会。

光伏不光能发电，还有治沙效果。

只不过，那时的光伏"个头儿"很小，面积也不大，像蓝色的小河。

要是架子再升高，在光伏板下预留农业发展空间，就好了。

要是像海那样辽阔就好了。

彰武人有了继续尝试下去的动力。

他们多方奔走，加大招商力度，吸引能源行业领军企业入驻彰武。

2017年，是令彰武人信心倍增的一年。那年11月30日，国家能源局批准在内蒙古库布其沙漠建设达拉特光伏发电应用领跑基地，打造中国荒漠化治理的试验场，通过大规模机械化操作在荒漠化土地上建设太阳能发电站，兼顾栽植沙障和经济作物，实现太阳能光伏发电的荒漠化土地综合开发利用。彰武与内蒙古库布其沙漠荒漠化程度相似，彰武人更加相信自己所走的道路是对的。

彰武有条件和优势成为这样的"领跑基地"和"试验场"。我们不妨试从"天""地""人"三方面来分析。

首先说天，彰武拥有丰富的太阳能资源。

彰武地区太阳总辐射强度高，太阳能资源丰富。根据区域内已投产的光伏电站实际发电数据统计，全年平均利用小时为1726小时，有力佐证了当地发展光伏治沙项目的可行性。

说完天再说地，彰武拥有丰富的沙化土地资源。

彰武域内96万亩沙化耕地相对集中，其中一般耕地约60万亩，基本农田约36万亩。发展光伏治沙的土地资源丰富，并且空间巨大，具备了基地化、规模化、一体化开发新能源的优势条件。

最后说说天地之间的人，彰武有传递接力棒的治沙人。

70年来，彰武人不断探索、创新和完善，总结积累了丰富治沙经验，所拥有的技术优势为生态治理奠定了基础。同时，彰武沙区群众对恢复生态、改善生产生活条件有着较高的认识和强烈的期盼，也涌现出了一批批治沙典型，他们的身上具有面对挫折永不退缩的精神。

天、地、人三大要素都具备了，还有什么可迟疑的，就大胆地向前走吧！

2021年春节，万家团圆的时刻，刘江义走出家门，匆匆赶往百里之外的彰武县城。光伏治沙的事情还没解决，他无法安闲地待在家里。

从阜新到彰武，这条路他已经奔波了 10 年之久。这期间，他有调回市里工作的机会，但他还是选择留在了自然环境恶劣、经济条件落后的彰武。他不是贪恋"县委书记"这个职位，而是彰武的父老乡亲、一草一木、一砖一瓦都让他深深牵挂。

在彰武老百姓心中，早已把他当成了刘斌一样的人。刘斌是彰武第一代科学治沙的领头人，他是新时代彰武科学治沙的决策者；刘斌来时 48 岁，他来时也是 48 岁；刘斌放弃繁华的义县，他放弃优越的阜新。这些年，他带领彰武人民积极投身生态建设，连获"全国生态建设突出贡献奖先进集体""全国绿化模范单位"等殊荣；创新推广互换并地，成功破解地块细碎瓶颈，实现了农业增效、农民增收；打造中国砂都，走沙产业特色之路，推进一、二、三产业融合发展……彰武绿意满大地，他却青丝变白发。即将退休的他不想留下遗憾，他要把风沙这个大难题解决掉！

彰武决定启动治沙工程之"光伏篇"。工程范围包括北部荒漠化严重的阿尔乡、章古台、冯家、大德、四合城、后新秋、兴隆堡 7 个乡镇，利用光伏项目建设驱动生态治理，将政府花钱治沙变为市场化治沙，以实现沙漠变绿洲的目标。

从深入研究到实地勘查……

从讨论交流到科学论证……

从征求意见到形成初稿……

2021 年 4 月，在召开的辽宁省定点帮扶彰武县工作会议上，辽宁省政协首次提出打造"光伏 + 治沙"示范基地总体思路，并指导彰武县高质量完成实施方案编制工作。

通过由点及面深入剖析、多次调整和修改完善，彰武人擘画出了彰武治沙升级版——《辽宁中部城市群生态屏障彰武"光伏+治沙"示范工程实施方案》的崭新蓝图。

展开这张即将开启新征程的蓝图，从不同的视角去透视和解析，可以看到它的非凡意义。

从生态效益看，光伏是彰武生态治理区的"挡风墙"。阵列式的太阳能电池板形成平铺式的沙障、风障，能够较大幅度消减风速，减轻沙尘危害，同时太阳能电池板的遮挡作用，能够减少沙地水分蒸发，促进农作物生长。

从经济效益看，上有太阳能发电，下有农作物创收，立体化利用荒漠化土地空间，有效增加了土地的附加值，让企业盈利、让农民增收，实现了"双赢"。除此，农民通过土地流转和光伏电站周边服务，拓宽了增收渠道，对于巩固脱贫攻坚成果、促进乡村振兴有着重要意义。

从社会效益看，光伏让彰武这座城市变得更清洁、更安全。习近平总书记指出："要把促进新能源和清洁能源发展放在更加突出的位置，积极有序发展光能源、硅能源、氢能源、可再生能源。"在受到环境污染问题困扰的今天，光伏作为清洁可再生能源，以零排放、无枯竭、无污染等优点成为助力"双碳"目标实现的主力军，对全社会有着广泛而特别的作用。

对彰武来讲，"光伏+治沙"工程的现实意义和长远意义远不止于此。

彰武县挂职副县长朱德臣说："从大处着眼来说，这一治沙模式扛起的是维护'五大安全'的历史使命。从配合全市创建'两个示范市'角度看，是全力打造辽宁和京津冀地区的生态安全屏障带、粮食安全保障地、能源安全支撑点的重要组成部分。从小处破题来说，它是实施沙化土地综合治理，破解人、地、生态间的矛盾，实现生态、经济、社会效益多赢，把沙地荒漠变成金山银山的有效途径。"

无论从小处破解还是从大处着眼，这一途径都极其符合彰武荒漠化治理实际和项目建设的必要性。彰武县"光伏＋治沙"工程得到了省、市的大力支持，两级领导一致认为，作为省内唯一的荒漠化集中地区的彰武县实施该项目具有重大意义。

2021年6月，彰武县人民政府组织了有关专家对《辽宁中部城市群生态屏障彰武"光伏＋治沙"示范工程实施方案》进行了论证。专家组在听取了项目汇报、审查相关资料并进行了充分讨论后，建议立项支持。

彰武治沙，从未离开过"科学"二字。自20世纪50年代初就有中国科学院林业土壤研究所来到章古台，与辽西省固沙造林试验站合作开展固沙造林试验。这次，彰武县政府邀请到清华大学—联合国防治荒漠化公约REPER项目部专家团到彰武考察交流，参加辽宁中部城市群生态屏障—彰武"光伏＋治沙"示范工程专家座谈会，与会专家就彰武县"光伏＋治沙"方案进行了研讨，为这项工程提供了科技支撑。

不负众望，彰武科学治沙的升级版"以光治沙"模式诞生了！

后来，彰武人将"以光治沙"中的"治"改为了"锁"。

"以光锁沙"，"锁"为何意？

能把开合处关住的是锁，能把物体拴住的是锁。

"以光锁沙"的特点是坚持防风治沙、土壤修复、粮食种植、光伏发电、产业拉动"五位一体"，形成了一个耦合效应。

这个"锁"用得实在太好了，它见证着彰武人治沙的决心——坚决如铁。

把巨大的沙口子锁住，"光伏+治沙"工程一定能完成这一光荣的历史使命！到那个时候，沙地上会涌起一片海，那是一片倒映整个天空的、蔚蓝的——"光伏海"。

那木斯莱之蓝：彰武70年科学治沙实录

跟随太阳走向幸福

惊蛰时节，万物生长。

2022年3月5日，"构筑辽宁中部城市群生态安全屏障　推进阜新·彰武防风治沙固土工程"研讨会在阜新市召开。国家和省级相关行业领域专家对《彰武县防沙治沙规划（2022—2024）》给予了充分肯定，对彰武"光伏＋治沙"示范工程提出了宝贵的意见和建议。

这是一个新起点，也是一个高起点，这个起点将带着彰武走向50万千瓦的"光伏海"。

土地自然是这片"海"的依托，为更好承接治沙光伏指标任务，压缩项目前期工作时间，彰武县从本级财政拿出资金对沙化特别严重的土地进行了提前流转，剩余沙化程度相对较轻的土地也在积极流转中。

这次的土地流转是顺利的。这几年，通过"以草固沙"和"以水含沙"，老百姓都真切地看到了治沙成果，也感受到政府为老百姓着想的心。

"政府为老百姓做好事，咱咋能给政府出难题呢！"

"这金饭碗送到家门口了，咱得好好接着！"

"接着不说，还要说'谢谢！'"

这些话，出自章古台镇前新窝铺村的村民口中。

再看后新秋镇烧锅村的村民怎样说。

他们说："啥也别说了，就两个字——同意！"

"支持！"这是冯家镇哈大冷村。

"同意！"这是阿尔乡镇北甸子村。

…………

在异口同声的"同意"与"支持"声中，土地流转如愿完成。

老百姓是天，老百姓是地。习近平总书记在阐述人民的重要性时指出："忘记了人民，脱离了人民，我们就会成为无源之水、无本之木，就会一事无成。"把老百姓对美好生活的向往当作自己的奋斗目标，这是彰武党员干部从未改变的初心。

为推进项目顺利实施，彰武县成立了由县长任组长的工作领导小组，根据工程的时间表和施工图，科学部署，精心组织，全力推进4块试验区光伏电站建设。

2022年5月1日，"光伏+治沙"示范工程如期开工了！

各个光伏企业火速进村，他们要齐心合力把彰武北部沙区沉睡的土地唤醒。

太阳一露脸就开工，星星点灯时才收工，建设速度之快可以用"一眨眼"来形容。

一眨眼光伏组件就运送到了场区；

一眨眼基桩就齐刷刷地在地里扎下了根；

一眨眼光伏板就升上了天空；

那木斯莱之蓝：彰武70年科学治沙实录

……………

仅1个多月的时间，光伏组件就各就各位，像士兵一样站在了沙地里。

在光伏场区打零工的村民说："快去看，咱们村里多了一片海！"

大家你传我，我传他，争先恐后跑来观看。

"好一片光伏海啊！"

"比从前的那片大了好多！"

多年前，几个光伏企业就已经开始在彰武实践风光互补。经过长期的探索和不断的优化提升，这些光伏企业的经验越来越丰富。

首先，从"根儿"说起。光伏支架采用混凝土桩基，占地面积小，仅占用1亩地的一成。这样设计的好处是种植面积不会减少，自然产量也不会减少。

再看"个头儿"。较之于从前，这一排排光伏板的"个子"长高了许多，足有1.8米。这个"身高"是根据彰武农作物的生长规律和特点量身定制的，高粱、黄豆等农作物有足够的生长空间不说，播种机、收割机等大型机械在其间作业也不受任何限制。

比"身高"还要高的，是挡风"盾牌"的"特异"功能：跟着太阳一起转动。

为啥能跟着太阳转？

项目区选用的是当前国内最具技术含量的光伏平单轴跟踪系统，平单轴能够明显地提升光伏组件的辐射接收量；同时，平单轴跟踪系统在中低纬度地区更能凸显其优势，与最佳倾角的固定式安装相比，水平单轴跟踪的发电量能提升17%~30%，跟踪式相对于固定式，提高了早晚的发电量，很好地提升了经济效益。

如果为光伏作一首歌，可以这样写："太阳走，我也走，我把希望种田头……"

种子即是希望，在播种"希望"以前，辽宁省农业科学院专家深入彰武光伏试验区，现场调研并召开座谈会，就种植作物品种选择与栽培时间等需要注意的关键问题、高产优质栽培技术及今后的产业开发等方面进行交流，为光伏农业试验区有效开展工作提供了技术支持。

第一仗必须要打好，农事中心抢抓农时，应播尽播、应种尽种。播种下去的有高粱、大豆、谷子、葵花、荞麦……品种达25个。2022年6月21日那天，全县4个新建的光伏农业试验区和华能光伏项目二期已经正常运转，光伏基地播种任务已全部完成。

种在田头的，是希望，也是科学。

彰武县结合北部荒漠化严重地区32个地块的实际情况，规划了9种"光伏+治沙"模式，这些模式将光伏试验田的"庄稼"染得异彩纷呈。"庄稼"之所以带引号，是因为试验田里不光是农作物，还有牧草、中草药和树木。

不同的地有不同的种法。比如，冯家镇有2块地，具有较好的耕作基础，土壤生产性能也平稳，就种植了以矮化高粱为主的农作物，这种叫"生态+特色农业"模式。

再比如，后新秋镇的6块地，土壤生产性能基础性较好，采取的是"生态+保护性耕作"模式。先期种植土豆，利用生长期短的特性，5月下旬以后播种，8月收获，收获后种植燕麦，形成地表覆盖，进行植被保护。

类似的地块，兴隆堡镇也有。那里采用的是"生态+特色蔬菜种植"模式，前期种植洋葱等蔬菜，后期又进行其他蔬菜种植，蔬菜们是这种"谢幕"那种"登场"，土地一点都不会感到寂寞。

但有的地块则不同，它们不喜欢被打扰。如何减少土地扰动次数？这是四合城镇三官村和后新秋镇白音皋村的300亩地块需要面对的问题。这道难题的解答者是黄精、苍术、黄芪等中草药。

种药，想到了吗？聪明的彰武人想到了。在了解地块基础和当地合作社、技能人才、销售渠道等情况后，采取了"生态+特色中草药"发展模式，在实现土地高效利用的同时，也提升了生态效益和经济效益。

要是在从前，说"一朵鲜花插在牛粪上"一定被认为是贬义，但对冯家镇哈大冷村和柏家村的试验田来讲，可不是这个意思。浪漫的紫花苜蓿担当的是"生态+绿色草牧业循环经济"模式。原因是项目区周边有高密度奶牛养殖企业，为解决粪污排放污染环境问题，建立了粪污资源化利用与牧草绿色生产循环种养体系，在实现经济效益增收的同时，完成了沙地治理与地力提升等生态效益提升，紫花苜蓿盛开的理由也在于此。

针对章古台镇章古台村、邰家村、宏丰村、富源村的300亩地块，采用的是"生态+种苗繁育"模式。国家级樟子松育苗基地就在章古台镇。樟子松，响当当的优良固沙树种，对付土地荒漠化较为严重、保水保肥性较差的地块，非它莫属。

章古台镇的另一块试验田，选在清泉村。由于多年耕种花生，这里土地沙化极为严重，养分瘠薄且流动性大，已成为当地风沙源地。对于这类地块，采用"生态+混播人工草地生态种养"模式最有效。这里种的是羊草、冰草、老芒麦和黄花苜蓿，因为它们是覆盖地表、提升沙化土地地力的草种代表。

草，也是解决阿尔乡镇北甸子村那些地块问题的"绿钥匙"。和章古台镇的那些村比起来，素有"沙窝子"之称的北甸子村不光土地荒漠化较为严重、保水保肥性较差，而且土层薄，流动性也大，所以，在这里开启的是以多年生禾本牧草为主、多年生豆科牧草为辅的"生态＋生态养殖"模式。

"生态＋原始对照"，这是第 9 种模式。这种试验田分 3 块，包括兴隆堡镇喇嘛花村、四合城镇大伙房村和后新秋镇雷家村。这里有的是荒山，有的是沙地，有的是沼泽，都不适宜耕种，主要以发展光伏发电项目为主，辅以板下种植沙棘。此外，种植的牧草也发挥了固沙、保水的功能。

9 种试验田，见证的是"一地一策"，见证的是"科学治沙"，也必将见证"绿富同兴"。

老百姓都说，光伏是追光逐日的"太阳花"。

"太阳花"点亮的是致富路，彰武的老百姓正跟着"太阳花"走向幸福。

那木斯莱之蓝：彰武70年科学治沙实录

好一幅"晒秋图"

秋风吹过后新秋镇烧锅村，空气中飘起草木的清香。

村民李大伯在自家的小院里，忙着把收回的豆子晒在院子中央。

"沙地里'种太阳'，结出这么多的'金豆子'！"他边捧起簸箕里籽粒圆润的黑豆边说，脸上绽放着笑容。

"这哪里是'金豆子'，这是'黑珍珠'！"他老伴儿笑呵呵地在一旁纠正。

"还不一样，都进钱袋子！"他的脸上再一次露出朴实憨厚的笑容。

李大伯说的"太阳"是去年新安装的光伏板。至于为什么这样叫，说法不一。有的说，这光伏板跟着太阳转，不如直接叫"太阳板"好了。还有的说，光伏板给咱沙区老百姓带来了希望，就像太阳光一样。

尽管说法不一，但都是一个意思：种下了好盼头。

好盼头收获好日子。

收获好日子的，不止李大伯这一亩三分地。

烧锅村项目区内，共种植黑豆240亩，每亩收益达到1000元。

另外100亩地种植的是荞麦，每亩收益达到500元。村集体年收入达到30万，实现了高效收益。同步收益的还有光伏企业。项目并网后，企业年新增2.5亿千瓦·时发电量，实现税收200万元。

后新秋镇副镇长说："'农光互补'实现了村民、政府、企业三方共赢，下一步准备再流转4500亩土地，建设17万到20万千瓦光伏项目。"

"一举多得。"阿尔乡镇北甸子村村民也这样说。

走进北甸子试验区，映入眼帘的是沉得弯了腰的葵花盘。

正在收割的大婶说："要是赶在上个月来，能看见向日葵花海，金灿灿一片，好看得不得了。"

"外来的游客管这叫什么来着……对，想起来了，叫'生态观光'！"她面带自豪地说。

要是在从前，北甸子人是最没底气提"生态"的。北甸子与科尔沁沙地接壤，风沙大的程度，讲一个小故事就足以证明：村里有个村民叫庄守信，房屋被风沙摧毁得几近塌陷，没办法他只好挪地方再盖新的。他买来砖石、檩木等放在新房场，准备第二天开工。没想到次日清早他赶到那里时，建筑材料已经被夜里的那场大风吹得无影无踪。

现在可大不相同了，经过大面积植树造林，"补空地、堵风口、拦沙道"，村里的生态环境有了很大改善。实施"光伏＋治沙"工程后，风力消减了，地表水分蒸发量也减少了，农作物生长得也茁壮。

村里的大婶说："要在从前，这荒沙地种啥收成都不好，白搭工夫。现在沙子老实了，环境好了，收入也不差。"

说到"收入"这个话题，大婶来了兴致。

"土地流转1亩地每年给780元，总计16年是12480元，几十亩地一次性给齐，能得好几十万，存银行吃利息都够花了。"

"再有，家里腾出了人手，打个零工啥的，还能得一份收入。"

"这一算下来，每亩地纯收入最少1300元，是之前的3倍。"

大婶满足的样子，令人想起向阳而生的葵花。

"幸福像花儿一样"，多么好。

这年秋天，德力格尔草原上举办了"晒秋"活动。

项目区的村民把光伏板间收获的各种农作物装在了平底簸箕里，铺晒在了草原上。红彤彤的高粱、黄澄澄的玉米、黑亮亮的豆子……一下子，草原变成了多彩的草原。远处青山衬托，近处湖水倒映，人们的脸上，尽显丰收喜悦。

"光伏和农业是互补的，要是再建设些就更好了。"尝到甜头的老百姓这么说。

百姓的心声，彰武县政府早已倾听到了。顺应百姓心中的所想所盼，县里想在了前面，干在了前面。

眼前这些丰收景象，只是"光伏+"系列科研的试验成果，这个成果为下一步在更大范围实施"光伏+"治沙项目提供了试验数据和模式支撑。

"十四五"期间，辽宁中部城市群生态屏障彰武"生态+"示范基地计划分三个阶段实施。第一阶段计划在彰武北部7个乡镇境内，在排除涉及基本农田、生态红线、林草等限制因素的耕地后，对满足条件的约1.38万亩一般耕地实施荒漠化治理，开发建设50万千瓦"光伏+治沙"光伏发电项目；第二阶段在第一阶段基础上，重点解决彰武北部7个乡镇境内一般耕地与林草、生态红线叠加问题，实施约1.54万亩一般耕地荒漠化治理，开发建设60万千瓦"光伏+治沙"风电项目。第三阶段，推广前期积累的经验至全县范围，建成不低于

400万千瓦光伏电站，完成11万亩荒漠化土地的生态恢复，同时打造"光伏装备制造产业基地、农作物加工产业基地、畜牧养殖产业基地、生态景观基地"四大产业基地。

为项目建设奔波劳碌的朱德臣说："我们未来的规划是等沙子稳固住、土壤修复好后，就把光伏设施撤掉，把大批良田归还给国家。就是说，等成果显现出来，完成历史使命后就'功成身退'。"

说到彰武光伏治沙，必须要隆重介绍朱德臣这位"博士县长"。

除了挂职副县长，朱德臣还有另外一个身份——中国华电集团正高级工程师。2022年1月份，他作为中共中央组织部博士服务团的成员主动申请到一线。来到彰武后，他很快走遍了全县24个乡镇，用脚步丈量了彰武的每一寸沙地。他说，来到这里的每一天，他都时时刻刻被彰武治沙人的精神感染着，就想为彰武做点实实在在的事。为了解决彰武沙化耕地的治理问题，他结合自己的专业所长，牵头推进光伏治沙先行先试项目，成功打造出"以光锁沙"的治沙样板。更令人感动的是，他挂职期满后，并没有返回北京与家人团聚，而是再次申请留在彰武1年，继续为彰武治沙献计出力。

2023年7月27日，彰武治沙群体被授予辽宁"时代楷模"称号。朱德臣作为治沙人的优秀代表走上了颁奖台。在发表感言时，他说："我们见证了彰武系统治沙的整体化推进，在70年植树造林、堵风口、以树挡沙的基础上，打造了草原生态恢复示范区，以草固沙。还打造了柳河湿地长廊，建设了1.8万亩的水田湿地。目前正在建设大型光伏治沙基地。此外，推进了以调减沙、以肥改沙两项改良和以法治沙、以养退沙两项保护，彰武真正实现了从'沙进人退'到'绿进沙退'的历史性转变。下一步，我们将持续地集中力量打好科尔沁沙地歼灭战，筑牢辽西北生态安全屏障的长城！"

他的感言通过电视屏幕呈现在全国观众面前，彰武治沙的"丰收图"晒到了全中国。

与此同时，彰武治沙"丰收图"背后的那些感人故事，正在通过彰武治沙学校向外传播。为了讲述好彰武故事，让治沙精神传播得更远，彰武治沙学校校长翟钟龄——这位曾获辽宁"时代楷模"称号的治沙人优秀代表，这位带着情怀工作并把工作当成事业来干的人，经常走上讲台，走进治沙现场，用富有创意又十分接地气的方式为学员授课。

这一天，他又走上讲台，为来自世界各国的留学生们授课。

他的教学是在这样的情境下展开的——

首先，他向学员展示了三瓶土：第一瓶取自光伏治沙试验区的周边；第二瓶取自光伏板下；第三瓶也取自光伏板下，不过年头要久些。

用这三瓶白、黄、褐不同颜色的土，他解析了板下种植修复土壤的作用，由此引出"以光锁沙""以树挡沙""以草固沙""以水含沙""以工用沙"五大工程课题。

他把荒漠化治理的"中国方案"和"咬定青山不放松""一任接着一任干"的治沙精神传向了全世界……

第六章

砂之都的凤凰涅槃

硅砂有序开采既是资源综合开发利用的发展要求，也是阻断沙带、防止北沙南进的有力举措。近年来，彰武县按照创新、协调、绿色、开放、共享的发展理念，充分发挥中国铸造用硅砂产业基地优势，紧紧围绕"生态＋硅砂"的发展主题释放资源潜力，实现了变害为宝、淘沙成金的华丽转身，为经济发展带来了多重机遇。

| 第六章 | 砂之都的凤凰涅槃

一粒沙的逆袭之路

当你在搜索框中输入"中国砂都","彰武"便会映入你的眼帘。彰武,全国三大天然硅砂主产地之一,硅砂产业发展的引领者,"防沙、治沙、用沙"典范……特别是 2016 年被授予"中国铸造用硅砂产业基地"称号以来,已连续举办 5 届"中国铸造硅砂产业发展论坛"。来自国内外业内的各级领导、知名专家和国内重点企业云集于此,其规格之高、规模之大、影响之深,前所未有。

从无到有,从小到大,从弱到强,跨越 70 年历史,因沙而生的硅砂产业已成为助推彰武县域经济加速发展的四大支柱产业之一,占据全县工业产业的绝对份额,数十家民营硅砂企业在这片土地上交相辉映。

回首这段峥嵘岁月,首先要从地理位置特殊的阿尔乡镇说起。它位于辽宁和内蒙古交界处,与全国最大的沙地——科尔沁沙地接壤,遍地蕴藏着硅砂,这一得天独厚的矿产资源优势为硅砂矿的诞生埋下了伏笔。

那木斯莱之蓝：彰武70年科学治沙实录

20世纪50年代，工业建设洪流涌入中国大地，作为"共和国长子"的辽宁率先投身大潮。汇入其中的大连玻璃厂为进一步扩大生产，亟须向外寻找玻璃制品主要原料——硅砂的供应地。正是这一次寻找，翻开了彰武工业崭新的一页。

经过初步勘探，大连玻璃厂发现了彰武县阿尔乡镇附近有硅砂，其硅砂系陆相沉积石英砂，具有纯度高、色泽洁、纯晶透明、石英粒成分达90%以上的特性，是全省硅砂资源最丰富、品位最高的地带。踏破铁鞋，终于找到了理想的原材料！大连玻璃厂当即作出决定，把指定原料供应地选在彰武。

咱这里的沙子可不是普通的沙子，它要大放异彩了！

消息一传开，彰武地区像炸开了锅，人们奔走相告。对于从来不知道沙子还能派上用场的彰武人来说，突然听说要在这里建砂矿了，高兴得好几夜都没睡着。

可是想到下一步的时候，相关部门的领导陷入了沉思。

一没有生产条件，二没有开采技术，三没有经营经验……太多现实问题摆在面前，一切都得从零起步，这能行吗？

"苦巴巴盼望的金饭碗现在送到了眼前，咱们可得接住啊！"

"难道这比爬雪山、过草地还难了？再苦再累咱们都得扛下来！"

"对，没有天生就会的，边学边做，这是我们这一代人的使命！"

他们将矿址设在交通便利的大郑铁路线的阿尔乡站西南、西北各约35公里处。在响彻云霄的"咱们工人有力量"的歌声中，彰武硅砂矿建设拉开了序幕。据砂矿老职工回忆，当时建矿的场面很是热火朝天，工人们你追我赶，干劲儿十足，没过多久，总面积2.7平方公里的硅砂矿就建设成了。

1957年初，为了加快投产进程，大连玻璃厂运来了先进的生产设备，砂矿的第一台蒸汽机车就是大连玻璃厂提供的。此外，他们还给阿尔乡派来工程技术人员，对砂矿建矿和生产技术、销售流程给予全程指导。

1958年3月，结束了冬眠的沙地苏醒，带来了春天的消息：彰武县硅砂矿，即国营阿尔乡第一硅砂矿正式成立了！自此，彰武县唯一一个矿产工业国有企业如新星冉冉升起。

建矿之初，县里即探明铁路西两矿区硅砂储量近600万吨，其中西南矿区储量约315万吨、西北矿区储量约248万吨。之后，阜新市非金属矿地质队、省地质勘探队103队对该矿硅砂储量进行进一步勘探，探测出铁路西的西阿尔乡地区和南阿尔乡地区确定储量约730万吨。综合建矿处两个矿区储量，阿尔乡铁路西地区地下硅砂储量已达1290万吨以上。

最初主要开采方式为原砂采挖，人工剥离，畜力运输。1960年改用轻轨铁道小火车运输。砂矿拥有2辆蒸汽机专用矿车，后来新增了3辆内燃机车、26个铁路车斗。1985年，砂矿进入发展的鼎盛时期，产销量为历年最高。据史料记载，到1985年，职工人数达到222人，固定资产总额146万元，年产销硅砂15万吨，年产值69万元，年销售收入83.5万元，利润13万元，销售税金4.2万元，建矿以来积累利税总额246万元。后来启用大型货车拉沙子，砂矿效益更是不断提高。

别小看一粒沙子，如果它足够坚硬，照样散发自己的光芒。20世纪60年代初，根据中央"调整、巩固、充实、提高"的方针和《国营工业企业工作条例(草案)》，全县集中关、停、并、转和全面调整了一批国有企业。硅砂矿作为全县主要的工业企业和仅有的国营工矿企业，被保留了下来。国营工业经过调整以后，基本适应了国民经济的发展，被保留下来的企业更是逐渐迎来难得的发展机遇，规模不断扩大，效益逐年发展，机械化生产程度更是不断提高，产品种类也不断增加。

在带着彰武工业的荣耀发展壮大起来的同时，硅砂矿也为煤油时代的阿尔乡带来了电力的第一缕"光明"。早在20世纪60年代，全县大部分乡镇还未通电，砂矿就已经因生产需要，自主发电用电了。一些职工家庭和周边住户也跟着企业沾了"光"。随着生产规模扩大、生产需求不断提升，企业对电力的需求也越来越迫切。1971年，在砂矿的积极争取下，国家电网将电路铺到了阿尔乡村，后来延伸到其他村，没过几年，阿尔乡镇全镇百姓都告别昏暗的夜晚，享受亮如白昼的灯光了。

回忆起那段岁月，老阿尔乡人至今记忆犹新，他们说，是沙子变成了光，照亮了阿尔乡镇，唤醒了沙乡人的渴望与梦想。

在那个没有广告的时代，彰武县硅砂矿凭借自身的优势被市场逐渐认可，并随着时间的推移名字越来越响。

在沉浸于掌声之时，他们不忘展望更远的前景。为了满足市场需求，扩大生产经营规模，他们开始将发展定位在两个方向上：一是自身做大做强，探索技术改造，增强企业自身核心竞争力；二是企业增量扩容，将"彰武硅砂"这块蛋糕的体量做大，增加市场占有率。

既然阿尔乡镇能成为"聚宝盆"，与其地理位置相似的章古台镇同样也是一块宝地。县工业局将这一设想向上级作了汇报。

1981年，辽宁省建材局委派辽宁省非金属勘探104队来到章古台。这支队伍的出现，打破了沙地多年的沉寂。经过多日的勘探作业，他们揭去了覆盖章古台的神秘面纱，让一处优质的矿区显露出来。当得知这里的硅砂储量高达1100万吨之多时，与之配合对接工作的县硅砂矿工会主席李万福说:"咱们砂矿插上这两只翅膀,就可以腾飞了!"

从1981年5月投资着手筹建,到1982年12月,仅用了一年半的时间,彰武县第二硅砂矿(当时叫阿尔乡硅砂矿分矿)就已建成。二矿虽然起步晚,但发展很快,经营产品和生产工艺与第一砂矿相同,主要产品为天然硅砂,用于平板玻璃、玻璃制品,少量用于铸造业。自建矿以来累计利税额25.7万元,解决166人就业问题。

职工们以进砂矿为莫大的荣耀,劳动热情如火山喷涌一般,争先恐后抢活干,有一分热发一分光,使这个年轻的硅砂矿迅速成长起来。开采的硅砂供应大连玻璃厂、北京玻璃二厂、阜新市玻璃厂、德州振华玻璃厂等上游玻璃企业,通过公路运输和铁路运输远销全国各地,得到广大用户的认可,收到了很好的经济效益。

一生二,二生三。到了1990年,全县已经有国有、镇办企业5家,由原来挖出来就卖改为简单加工处理,开始生产水洗砂,年产砂可达30万吨,主要供应玻璃生产企业和部分铸造企业。

斗转星移,岁月变迁,彰武县硅砂矿在不断成长的背后,也曾历经风雨与沉浮,与此同时,也一次次完成了自我挑战与突破。

事物的发展没有一帆风顺的。和其他企业一样,彰武县硅砂矿也曾遇到瓶颈期,出现大面积亏损,陷入不知何去何从的迷茫。企业倒闭,职工下岗,20世纪末的那场国企改革,彰武硅砂矿同样也经历过。1989年,彰武县第一硅砂矿开始陷入发展困境,销量6万吨,销售收入45万元,税金2.3万元,营业支出4万元,总成本38.7万元。因连年亏损、资不抵债、人员负担过重等因素,1997年9月,经县政府及企业主管部门决定,将该矿以部分资产偿还部分债务的方式出售给县工商银行,成立了彰武县银海硅砂矿。1998年4月,彰武县第二硅砂矿以"舍小我为大局"的气魄,由国营企业改为民营企业,为那场波澜壮阔的国有企业改革作出了自己的贡献。

这对彰武硅砂矿来讲,无疑是一次空前的挑战。但他们并没有因为身份的改变而停止追梦的脚步。

在走过短暂的迷茫期之后,他们将痛点作为起点,顶着重重压力再度出发。矿长吴凤凯上任后的第一句话是:"只要不怕苦,不怕累,拿出愚公移山的劲头,就没有过不去的火焰山!"在砂矿工作了大半辈子的老职工也是干劲儿十足,没有因为自身铁饭碗被打破而改变对砂矿根深蒂固的热爱,一如既往,全身心地投入生产中。

春去春会来,2000年,彰武县硅砂企业如雨后春笋般增到了8家,规模有所扩大,技术有所更新,生产的擦洗砂、焙烧砂等铸造硅砂系列产品年产量达到了50万吨。为促进企业交流,形成合力,2007年,彰武县硅砂行业协会成立,由以往的"单打独斗"改变为"抱团发展"。

2008年,彰武县委、县政府成立了硅砂产业办公室,根据行业发展需要,提供准确信息、技术管理咨询、人才资源等多方面、多层次的服务。随后正式提出了硅砂产业发展概念,并委托北京规划研究院编制《彰武县硅砂产业发展规划》,为企业高质量发展指明了方向。

历史的车轮滚滚前行,从计划经济的内部调整到市场经济的大浪淘沙,不知有多少企业相继倒闭、停产,彻底退出历史舞台。彰武硅砂企业——这个非公经济主体,不仅没有被历史的长河湮没,反而以拥抱未来的信念和永不服输的精神在市场经济优胜劣汰的竞争中找到了自己的立足之地。

| 第六章 | 砂之都的凤凰涅槃

细沙也能精做

我们平日吃的粮食有粗粮、细粮之分，沙子也有。彰武硅砂就属于沙中的细粮。细粮和细粮也是有区别的，比如一粒稻谷和一粒大米的价值不同，大米加工为米糊后，价值更是不同。

最初，彰武人用铁锹把地下的沙子挖出来，没做任何处理就卖掉了，利润极低。之后，随着简单粗加工的出现，生产出了水洗砂，主要客户是玻璃厂。2000年，随着引进新设备，进一步完善工艺，彰武人开始生产擦洗砂、焙烧砂等铸造硅砂系列产品。直到2012年，才逐渐出现了深加工产品覆膜砂。

彰武县硅砂开发始于1957年，我们不妨回看一下那一年中国大地发生的事情：武汉钢铁联合企业建厂工程刚刚动工，包头钢铁公司建厂工程刚刚动工，新中国第一个天然石油基地玉门油矿刚刚建成，举国瞩目的治理和开发黄河的三门峡水利枢纽工程刚刚开工，新藏公路刚刚建成，武汉长江大桥刚刚通车……

那一年的11月17日，毛主席说："世界是你们的。"

总的来说，彰武县硅砂产业，起步真的不算晚。

彰武人虽然为之倾注了大量的心血与汗水，但沙子的激情并没有燃烧起来，在吸引了人们的目光之后并没有持久地发出期待的光芒。2012年，在波峰波谷中起伏的彰武硅砂产业下跌到最低点——全行业产值不足全县经济总量的1%。

1%是什么概念？毫不客气地说，有它也可，没它也行。

对于一个渴望发展的小城来说，对这种等同于原地踏步的慢绝对是一种失望。

在一个走过漫漫40年长途的硅砂企业负责人记忆中，另有一段不堪回首的往事：当年上好的原材料都按白菜价卖了不说，有的还得贴上人家内蒙古自治区企业的牌子，一年辛辛苦苦忙到头，都给别人做了嫁衣。

何以至此？知名度呗！

彰武县是全国三大天然硅砂主产地之一，这是千真万确。但彰武硅砂"大而不强"也是无法回避的事实。这一挥之不去的心结让陷入困境的彰武人开始重新思考。

到底是"可有"还是"可无"？

可以有。应该有。必须有。彰武人的精神世界里从未出现过"倒下"二字。

这更是一种责任担当，彰武几代人的梦想，必须延续下去并慢慢实现。

那么，再像以往那样一味地埋头苦干行不行？

不行，绝对不行。

埋头苦干是成功的黄金法则不错，但想前进的话，还需要抬头，干什么？看路！

第六章　砂之都的凤凰涅槃

俗话说，无农不稳，无工不富。作为农业大县，彰武县早在 2011 年就已进入全国产粮大县名单。第一产业稳步向前，第二产业趔趄在后，经济发展的步子严重失衡。面对在低谷徘徊的工业现状，彰武县委、县政府审时度势，大胆提出了"把硅砂打造成主导产业"的口号。

他们相信沙害严重的沙地中孕育着财富，相信"科技"这把钥匙能将不太光鲜的 1% 一步步修正为 10%、50% 的现实，甚至演变为 100% 的可能。

对于不能绿化的区域，有序开采即是变废为宝。彰武县硅砂资源分布在阿尔乡、章古台、冯家等 7 个乡镇，总面积 40 平方公里，砂层平均深度 70 米，已探明的储量有 8.5 亿吨，远景储量在 30 亿吨以上，占东北地区总储量的 10%，其产业能量可谓巨大，发展前景必定可观。

让我们把 2012 年写得醒目一些吧。这一年有可视的分界线，1% 在那头，新成立的彰武县硅砂产业研究所在这头。在弄清了败在哪里之后，彰武人开始把目光投向城外、山外、天外天，他们走到河北围场等地对外部硅砂产业开展调研。

2013 年 9 月，彰武县邀请专业的"探宝"队——辽宁省第四地质大队到彰武。地质队员沿着黄沙覆盖下的"矿藏"线现场取样，对硅砂指标进行全面系统的检测。在这个名副其实的秋天里，彰武县摸清了自己的家底，知道了自己该做多大的梦。

2014 年，称得上是彰武硅砂的关键年。5 月 19 日，彰武硅砂产业的脚步勇敢迈进了北京第十二届中国国际铸造博览会的门槛，在中国铸造界最高层级、最具权威性、有着广泛的行业认知度和影响力的盛会中心设置了自己的展台。与俄罗斯、法国、美国、日本、德国、瑞士等 31 个国家和地区的 1335 家参展商，包括 820 家国内铸造参展企业、314 家国内冶金工业炉参展企业、201 家国际展商等知名企业的高技术含量铸件产品同台参展。那是他们第一次"走出去"看到外面的世界，高端铸件产品、质量控制技术，以及转型升级成功案例进入了他们的视野。通过各种形式的信息交流平台，他们收获了诸多有价值的供需信息、市场动态和产品信息。这些，为后来行业间的合作和自身迅速发展打下了基础。

归来之日即是出发之时，同年 8 月，彰武县委托中国机械工业产品质量监督检测中心进行硅砂性能检测，出具权威鉴定报告，为彰武硅砂产业发展打开了广阔的天地。

科学数据显示，彰武硅砂品质优良，砂粒形状规整，角形系数小于 1.2，酸耗值小于 4.8，原砂二氧化硅含量在 89%～92% 之间，经提纯可达 93%～96%，耐火度可达 1400 摄氏度，可广泛应用于铸造、建材、石油、航空航天等行业。

真是难得的好砂！

细粮如何精做？

当然还是科技，以科学治沙取胜的彰武人始终相信科技的力量。

2015 年，为借鉴更多实践经验，催生产业快速崛起，他们赶往上海，再次到行业内最专业的国际铸造博览会取经，通过与行业领先企业交流和参加系列行业峰会、高端论坛和技术研讨会，学到了专业、创新与优质的理念。参会期间，他们积极与中国铸造协会取得联系，深入了解硅砂应用方向，了解全国其他产砂区限采、禁采情况。会后，认真考察了通辽、奈曼、库伦、河北围场等地硅砂产业发展情况，向成型硅砂产区借鉴先进技术和发展理念。

科学谋篇布局，推动产业健康发展，彰武县委、县政府先后多次邀请中国铸造协会领导及行业专家到彰武考察指导，分享尖端技术和先进经验，并提出产业发展意见；还以编制"十三五"规划为契机，出台了《彰武县硅砂资源保护与开发利用实施意见》和《彰武县沙（砂）产业发展情况的报告》。

硅砂资源丰富，产业逐步升级，发展潜力巨大，运输方式也要与时俱进。如何改变公路运输的单一方式，让产品输送得更快和更远？

针对这一问题，彰武县委、县政府及时展开了调研。位于硅砂产区中心区域的章古台镇，地理位置优越，战略地位突出，历史上已形成以铁路为主的硅砂运输中心，在这里建设硅砂物流基地项目是不二的选择。经多次洽谈，彰武县与沈阳运畅物流有限公司合作，在章古台车站利用原有的货场位置，建成了通达整个东北亚地区的物流网络的硅砂内陆港，实现了以铁路为主，联合公路、港口的点对点总包运输方式。

成功开启的彰武硅砂内陆港，每天都会出现这样壮观的场面：站台上，堆码整齐的集装箱站成长长的队伍，如整装待发的士兵，待那声长笛响起，立即奔赴千里之外……

千般良苦用心，数载艰辛探索，终于破茧成蝶。2016年，在第二届中国铸造节上，彰武荣获"中国铸造用硅砂产业基地"称号。俯首躬耕了60年，也默默无闻了60年的彰武终于成为万众瞩目的焦点，成为全国唯一的县域硅砂产业基地。

当这个令人振奋的好消息从北京传来，彰武大地一片欢腾。县委书记刘江义说："这次授牌对提高彰武硅砂的行业品牌知名度，推动彰武硅砂走向全国乃至世界具有特殊意义。"他是为彰武硅砂打气，更是为彰武人打气。

他的话音刚落，彰武县就一口气对接了10余个项目，成功与数家企业签约或达成投资合作意向。

昔日靠贴牌为生的彰武硅砂在全国硅砂市场占有了一席之地,投入使用的彰武"硅砂内陆港"如虎添翼,融入国家"一带一路"和振兴东北大格局的彰武硅砂产业驶入了发展的快车道。

| 第六章 | 砂之都的凤凰涅槃

发出钻石般的光芒

对于彰武人来说，不管何时，都不会忘了一个重要的年份：2017。

这一年，辽宁大地出现一个热词：炫彩绽放。

看到这通体发光的词语，你一定会联想起钻石。钻石发出钻石的光芒不足为奇，但这里所指的是一粒砂，肩负新使命的它与赋予它新荣光的词语组成了新的词语。

砂都。

中国砂都。

拥有全国粮食生产大县、国家卫生县城、中华诗词之乡称号的彰武又多了一个"国字号"称谓——中国砂都，一个里外都冒着金光的名字，一个充满激情和浪漫的名字，一个可以作为冲锋号角的名字。

这是一个新起点，彰武砂工业由此跑出了令人惊叹的加速度——

2017年，在那个万物复苏、新芽破土的3月，彰武县在众多城市的竞争中，赢得了中国（彰武）铸造硅砂产业发展论坛暨中国铸造砂产业联盟筹备会承办权。

此次论坛和会议缘何而来？意义何在？这得从"砂问题"说起。

众所周知，砂一直是铸件的重要造型材料，对铸件而言，用砂的正确与否是攸关铸件是否会产生缺陷的头号因素。随着铸造行业的快速发展，对铸件用砂的要求也在不断提高。与此同时，为实现经济与环境保护协同发展，各地政府也出台了相应的硅砂限采政策。在这样的背景下，砂产业如何健康、持续、高效发展便成了亟须解决的问题。

为了铸造行业的转型升级和砂产业的未来发展，国内数十家上规模的铸造砂企业在中国铸造协会倡议指导下、在相关政府部门全力支持下，决定以联盟和论坛的形式"抱团"，共同打造"中国铸造砂产业航母"。

如此一件意义深远的大事，能在"自己家里"举办，当然是难得中的难得，但同时也是一次巨大的考验。

举全县之力，克服一切困难，高质量办好！

为回报中国铸造协会的信任与重托，也为进一步建设中国铸造用硅砂产业基地，建设中国砂都，使彰武真正成为国内硅砂产业发展的引领者，助推彰武硅砂产业发展，自赢得承办权的那日起，县委、县政府立即将其列为全县重点工作，先后多次召开专题会，研究部署相关事宜。

全县上下，开始了一场接力赛——

细化完善方案，上下协调落实，发布筹备工作总结……

拨打9000余个有效邀请电话，参会意向明确的企业有222家，需要后期跟进的77家……

在电话邀约的同时，县领导全上一线，"走出去""请进来"，数十支招商小分队登门拜访黑吉辽、京津冀、长三角等地企业……

"日程安排得怎么样？"

第六章　砂之都的凤凰涅槃

"参观线路确定没？"

"还有哪些短板？"

历经 5 个月的精心筹备，2017 年 8 月 18 日，由中国铸造协会、阜新市人民政府主办的中国（彰武）铸造硅砂产业发展论坛暨中国铸造砂产业联盟筹备会终于隆重开幕了！

那天，业界顶级专家、业内精英悉数到场。各相关企业、知名专家等 500 余人参加了论坛活动，远远突破了原定 200 人的参会人数。

与会商家、专家抒才献智，传经送宝，共同探讨产业发展趋势，相互交流技术、互通信息，探索硅砂产业的发展之路和发展模式，构建和谐发展环境……

体验服务、智能问答、在线咨询、专家会诊、3D 模拟展示……数十家参会企业表达出强烈的合作意愿。

第二年，论坛又一次在彰武顺利举办。本次论坛上，来自河北、江苏等地的 10 家装备制造及硅砂企业与彰武县政府现场签约，签约额超过 5 亿元。

连续 2 届成功举办中国铸造硅砂产业发展论坛，让彰武迎来了铸造及装备制造产业集聚发展的春天，构建了以承接和发展硅砂深加工、装备制造及配套和高端建材产业为主导的发展格局。河北、浙江、天津、山东、北京等地的各类企业纷至沓来。两年间，彰武经济开发区累计新签约入驻项目 71 个，其中，购地自建 30 个，购买闲置资产 17 个，租用闲置资产 24 个，已开工项目 63 个，竣工投产项目 33 个。2018 年实现产值 6.6 亿元，完成固定资产投资 3.7 亿元，税收 4300 万元。

同时，彰武不断加大产、学、研协同发展，与中国铸造协会、清华大学、武汉理工大学、东北大学、沈阳化工大学、大连工业大学、

那木斯莱之蓝：彰武70年科学治沙实录

东北财经大学、辽宁工程技术大学、沈阳铸造研究所、中国建材研究院等科研院所建立了合作关系，使沙产业突围有了足够的底气与科研储备，也为彰武县域经济快速发展装上了新引擎，添加了新动力。

彰武人可能不会想到，短短的几年，他们会凭借一粒沙子崛起，走到全国舞台中央。他们更不会想到，有一天能走出国门，走上国际的舞台。

2019年6月，彰武县县长杨敬忠带队飞往德国，步入当下欧洲乃至世界铸造行业规模最大的展会之一——德国铸造展会。令人感到无比骄傲的是，在德国铸造展会"中国日"活动中，彰武代表中国铸造产业集群进行了精彩的发言。当杨敬忠县长用铿锵有力的声音表达中国未来以培养和建设新型工业化铸造产业为目标的决心时，热烈的掌声顷刻间响起……

全球铸造业同人将目光聚焦于中国，聚焦于以铸造阔步世界的中国彰武。

彰武硅砂——这颗从璀璨的金属世界脱颖而出的"钻石"由此走向了世界市场！

加速发展，果满枝头。近年来，彰武成功举办5届中国铸造硅砂大会，国内铸造用砂十强企业、石油用砂尖端企业纷纷落地，以春潮汽车、永红机械为代表的装备制造及配套产业相继投产，硅砂产业集群年产值已达到28.5亿元，实现了产业集聚效应凸显、产业转型成功跃升和产品科技含量提升。与此同时，彰武还成为了中国铸造用硅砂产业基地、中国硅砂交易中心、中铸协教育培训基地、中国砂产业联盟副主席单位、中国铸造产业集群轮值主席单位……

"国字号"荣誉集于一身，彰武怎么可能不光芒四射！

| 第六章 　砂之都的凤凰涅槃

"沙文章"异彩纷呈

　　沙工艺品产业是彰武县沙产业发展规划中的重要一环。

　　自 2019 年起,彰武县着手培育沙工艺品产业,延伸产业链条,将治沙精神、人文历史、风景特色等进行融合并加以创新,开发了系列硅砂工艺品,在章古台镇建立了沙画扶贫车间,助力脱贫攻坚。在辽宁国际投资贸易洽谈会上,彰武沙工艺品产业获得了"辽宁匠心"品牌称号。

　　为挖掘治沙精神文化内涵,让来自省内外的广大学员深度体验彰武沙文化,彰武治沙学校开设了沙画特色课堂,在激情党课中以动态沙画演绎彰武治沙人艰辛的奋斗历程。2020 年,"彰武沙漠绿化"荣耀登上《人民日报》发布的《新千里江山图》。为展现这一风采,彰武治沙学校联合沙画艺术中心,制作了《新千里江山图》这一刷新同类作品尺幅纪录的沙画作品,与草原路、万亩松林瞭望塔、那木斯莱等彰武风光沙画遥相呼应。

　　除此之外,彰武立足沙地特色,还建起了芳香馥郁的沙农业,打造了一批高质量、绿色、有机、特色农产品品牌。

作为彰武饮食文化的一张名片,沙泉鱼宴既是不可多得的味觉盛宴,也是不容错过的视觉盛宴。2018年,沙泉鱼宴登上中央电视台的《舌尖上的中国3》后,"辽宁彰武"迅速成为百度搜索热点。辽宁电视台《风物辽宁》播出《沙泉里的一飨鱼鲜》后,白沙绿水的大清沟再度广受关注。在2019年第九届东北美食节上,沙泉鱼宴又获"辽宁经典名宴"殊荣。

沙泉鱼宴为什么这么受欢迎?

因为沙泉鱼产地大清沟是远在50万年前形成的断裂峡谷,两岸、沟底均是硅砂,四周被50万亩森林包围,原始次生林万道泉眼汩汩汇流形成了大清沟水面。大清沟水经检测,水质酸碱度与溶解氧含量特别适宜鱼类生长。沙泉鱼除有丰富的蛋白质、脂肪、氨基酸外,还含有铁、铜、锌等身体所需微量元素,所以营养价值相当高。加之厨师们烹饪技艺精湛,色香味俱全的鱼宴不知吸引了多少人。

自从京沈高铁列车开通后,来此品沙泉鱼宴的人就像去北京品全聚德烤鸭的人一样络绎不绝。

这里还有久负盛名的蒙古包烤全羊,它既是原汁原味的美食,也是独具魅力的草原文化。赏万亩诗意稻田,尝色香味俱全的肥美河蟹,这是一道新增的美景。德力格尔湖畔的阳光房里,那杯散发清香的黑豆茶也已等候在那里……

一句话:只要你敞开味蕾,沙地美味绝对不辜负你。

再说万众青睐的沙文旅。

多年来,彰武一直持续构建"一点两线一面"生态治理格局,构建沈阳现代化都市圈生态屏障。以草固沙,全力推动草原生态恢复示范区建设,修复昔日"皇家牧场",全力打造"关外第一景",大力发展草原经济、绿色经济、美丽经济，建立人与自然和谐共生的美丽彰武。以水含沙，加快推进柳河综合治理工程，打造滨河景观工程和沿河景观大道。同时，积极培育民宿经济、农家乐、汽车营地、沙地赛车、草原赛马、田园观光、沙地滑道、沙地足球等旅游业态。

可以说，彰武美景如珠链。

如果选取其中一颗，从哪儿说起呢？

巨龙湖吧。

在彰武形同枫叶的地图上，散落着几颗晶莹的"露珠"，其中一颗，便是巨龙湖。

巨龙湖原名混沌河。据《奉天通志》记载："混沌河，县治（指康平县城）西一百里后新秋村北，南北长三余里，东西宽二里，周围十余里。"1959年在此改修水库，1970年竣工。修水库时，因两条引水渠道形如龙须，得名巨龙湖。巨龙湖汇水面积为27.5平方公里，主坝长1825米、高55米、顶宽4.5米，总库容1440万立方米，灌溉农田6000亩，养鱼水面为5000亩，现在每年捕鱼量5万公斤。

美丽的地方孕育美丽的传说，巨龙湖也不例外。

在碧波荡漾的巨龙湖中央，有座湖心岛。相传在很久以前，岛上有座老母庙，庙后有块大青石，上面蹲着个石蛙。这可不是一般的石蛙，而是能"预报天气"的神蛙。如果石蛙身体颜色发亮，将会是晴天；如果颜色变深，将是阴天；如果身上浸出水珠，将会下雨；如果水珠很大，将有大雨或暴雨；如果石蛙流泪，则预示着要发大水。有了这只神蛙保驾护航，当地老百姓播种收割、防旱防涝就有了谱，哪一年收成都不差。更为神奇的是，不管雨季发多大水，湖里水位涨多高，湖心岛从没被淹没过；不管天气有多干旱，湖里水位降得多低，湖心岛的水上高度从不会降低。真是应了那句：水不在深，有龙则灵。

那木斯莱之蓝：彰武70年科学治沙实录

传说在经久不息地流传，巨龙湖美丽的景色也随着时光的前行，不断焕发出新的活力与生机。泛舟湖上，映入眼帘的是碧波与青山衔接，湖光与天光辉映，云影与渔帆共徘徊；响在耳畔的是微风吹过的声音、缥缈的渔歌和坝上游人的笑语。不由自主地，心海会泛起那些妙词佳句："客路青山外，行舟绿水前""水光潋滟晴方好，山色空蒙雨亦奇""至若春和景明，波澜不惊，上下天光，一碧万顷……"欢快的水鸟伴在游船左右，偶尔溅起细碎的水花，落到肌肤上，一种久违的惬意感直抵心灵深处。放眼望去，飘逸灵动的"巨龙湖"三个大字竖立在山间，那便是传说中的湖心岛了。天然形成的小岛，宛如巨龙口中的一粒珍珠。"巨龙衔珠"，这个雅称于此景再恰当不过了！如果刘禹锡来过湖心岛，"白银盘里一青螺"是不是该属于这湖与这岛呢？岛上，与巨龙湖美名呼应的，是"巨龙腾飞"雕塑。龙首高昂，龙爪飞扬，大有啸九天、冲云霄之势。巨龙雕塑栩栩如生，无论体态动势，还是内在气韵都刻画得精细传神。云水相托，传说围绕，巨龙神气倍增。当地百姓在此烧香供奉，祈福风调雨顺；外地游客与之合影留念，沾沾龙的灵气与仙气。仙山必有琼阁，那琼阁便是岛上的巨龙亭了。在古朴的巨龙亭小憩，在清爽的石凳上坐下来，古今神韵齐涌心中，瞬间就有了诗仙把酒临风的意境与情怀。如果拾级而上，还能收获意外的惊喜，湖心岛托举着偌大的五角花坛，等候来者醉入花的海洋与芬芳的世界。那一刻，忘我于山水间的美妙感受会再次放大与升腾。

人在画中游，不沉醉是不可能的。在这里，可以像当地渔民那样，于清晨或日暮，尽享起桅升帆之趣与起网捕鱼之乐。如果意犹未尽的话，还可以夜宿渔岛。"一棹春风一叶舟，一纶茧缕一轻钩"，就着湖水灌溉的十里稻花香，就着月光、星光、湖光、万家灯火织就的清幽，

第六章 砂之都的凤凰涅槃

静静享受湖边恬淡的休闲时光。

无论哪个季节，巨龙湖的风光都是迷人的。

千里冰封，万里雪飘，一幅北国渔猎的长卷徐徐展开。最具神秘色彩的当数祭湖醒网了。冬捕前，巨龙湖人要通过隆重的仪式，表达对慈爱之湖的感恩和对美好生活的祝愿。仪式在早晨举行，冰台搭好，贡品摆好，渔把头带领渔工入场。点燃三炷香，渔把头将酒碗举过头顶，高诵祭词。一祭天地与湖神，保佑万物生灵永续繁衍、百姓生活吉祥安康；二祭渔网，唤醒沉睡的冬网，祈愿张网下湖、顺畅平安。渔把头与渔工将壮行酒一饮而尽后，仰首阔步地出发。随着震天的号子声，大网从冰洞中拖出，鱼跃冰面的喜人情景出现。壮观的撒网开捕刚落下帷幕，紧张的头鱼竞拍已悄然上演。"头鱼"是第一网中最大的鱼，寓意大吉大利、年年有余。巨龙湖最大的头鱼，长可达2米，重可过百斤。经过一番激烈竞拍，摘头彩的得主喜获福气，天地间，欢呼声、锣鼓声响成一片。一饱眼福之后再一饱口福，在现场可以品尝到大锅熬制的鲜美鱼汤。巨龙湖冬捕节，一道精美的文化大餐，为人们增添了冬日的情趣与无尽的欢乐。

巨龙湖人崇尚和谐。他们一直把在水上餐厅欢聚一堂、共叙亲情友情当作人生乐事，这样的民俗风情成就了巨龙湖鱼宴的盛名。

处处是美景，时时皆风光。更为可喜的是，近年来，巨龙湖又新添一道亮丽的风景线。利用独特而丰富的风力资源，湖畔建起了风力发电站。集实用价值与观赏价值于一体的风车群在湖畔高地擎天而立，形成了蔚为壮观的景象。"风吹风车转，车转幸福来"，巨大的叶片迎风旋转，每在空中转动一圈，就画出一道闪光的弧线。轰隆隆，那是风吹叶轮发出的声音，那是风能转化为电能的声音，那是新能源助推新气象的声音。不难想象，一条绿色之路正在巨龙湖畔拓展，一条发展之路正在巨龙湖畔延伸。

最令人惊喜的是,彰武还推出了"沙健康"。

近年来,彰武立足沙资源的原生态,发挥差异化优势,增强域外群体对彰武沙健康的"陌生感"和"向往力",以"最美村医"梁春荣的硅砂入药专利为突破口,大力发展沙中药、沙疗沙浴、沙制日用品,使彰武硅砂的药用价值得到最大的开发和推广。

当步入"梦里沙乡"——阿尔乡,会遇见闻名遐迩的大漠村医梁春荣。

生在农村、长在农村的梁春荣深知农民看病不易。因此,行医多年,他从没有收取群众一分出诊费,遇上家境困难的病人,他还会减免治疗费和药费。他的柜子里,有6本厚厚的账簿、600多张旧得发黄的欠条,算起来药品金额达五六万元,治疗费20余万元,他从没有主动上门去催收过。

他说:"这些账簿有20多年了,上面记的欠账的人,有的都不在人世了,都是乡里乡亲,他们如果有能力还款,会尽力还;如果没有能力,就不勉强了。"

在沙漠里行医,出诊非常困难。为了到内蒙古地区给患者看病,梁春荣要走两个小时的沙窝子路。有年冬天下大雪,他因路滑摔倒划伤,流出的血和棉裤冻在一起,但他从未因此止步,耽搁过一次出诊。

每天来梁春荣的诊所里看病的患者不少于30人次,他每天抽出时间到患者家中出诊达10余次,人们都说,他救治过的患者多得数不清。有一次省里摄制组来采访他,在内蒙古沙漠拍摄的过程中,遇到的每一个人都与他亲切地打招呼。方圆百里,真的是没有一个不认识他的。

为了帮助患者减轻痛苦,梁春荣始终不忘探索和钻研。他所在的阿尔乡镇境内有几万年来形成的近百米厚的风积沙,在长期的实践中,他发现经不同植物落叶浸润、根系滋养的沙土含有不同的药性,对一些骨病、皮肤病乃至脏器调理有一定功效。经过多次尝试,他筛制出医治不同疾病的药沙,以硅砂配合中药外用治病,精心制成方便施用的颗粒、药膏、药贴。

梁春荣创新的沙中药填补了中药用硅砂治病、保健、养生的空白。2000年6月,他被聘为全国肝病专家攻关协作组成员;同年12月,他的"用焦氏祛毒散治肝炎"在马来西亚召开的国际大会上获中医药科技成果奖;2004年12月,他研制的主治风湿的痹痛黑膏药获全国特效医药成果一等奖,主治乳腺病的乳块散结黑膏药贴和主治气喘的止咳平喘黑膏药贴等7项中医药研究成果获得国家专利。如今,"老梁沙足浴""老梁沙鞋垫"已注册日用品商标,作为彰武沙健康产业的主打产品正畅销全国各地。

以沙为媒,炫彩绽放,智慧的彰武人打出的这套组合拳真的很精彩,而将精彩演绎为歌声的依然是彰武人。

多年来,彰武县致力于打造彰武地域音乐文化品牌,培养和涌现出了一批优秀的词曲作者和歌手,作品达上千首。其中,彰武县政府党组成员、彰武原创音乐主创人孙建国就是优秀的代表。他创作的《就是这一片林海》《绿叶的诉说》《感恩大地》等治沙歌曲传唱度极高,有的融入了彰武治沙学校激情党课,甚至还有的登上了央视的舞台。

除了创作治沙歌曲,彰武人还创作了治沙题材的微电影剧本。2016年,以阿尔乡"马背110"为原型创作的微电影《大漠藏蓝》再现的就是护林护草、守护平安的大漠英雄的感人故事。这部体现彰武人忠诚担当的作品曾荣获辽宁省政法委"平安中国"微电影比赛二等奖。讲述家乡故事，传扬治沙精神，彰武人一直在路上。最近，又一部反映彰武治沙成果的微电影《漠上草原》正在热播。

以治沙原创歌曲为"沙文章"锦上添花，以微电影助力家乡绿色发展，"沙文章"怎能不异彩纷呈！

| 第七章 |

遍地愚公

英雄传续，人才辈出。70年来，彰武人民在党的领导下，在"大漠风流"精神的感召下，谱写了一曲战天斗地的治沙史诗。同时，也涌现出了弘扬中华民族创造精神、奋斗精神、团结精神的最美治沙人。人与树，构成了科尔沁沙地南部最美的风景……

董福财：一棵树的肖像

2015年第1期《共产党员》杂志封面上，有这样一张照片：一棵高大的杨树下，站着一位和树一样身躯挺直的老人，他手抚摸着树干，望向远方的村庄，眼神中满是眷恋与不舍……

这张看似普通的照片，却让无数人流下了心疼的泪水。因为，这是一张离别的照片。当我们看到时，这位老人已经永远地离开了我们，离开了那片林海，离开了他深深爱着的那座小村庄。

身陷绝境的北甸子

阿尔乡，一个富有诗意的译音，翻译成汉语是"圣水"的意思。

水是生命之源，人们崇尚水，尤其是对阿尔乡人来说，对阿尔乡的北甸子人来说更是如此。

北甸子缺水，干旱几乎成了缺水的北甸子的符号。

干旱？这与"阿尔乡"的词义反差实在太大了！

那木斯莱之蓝：彰武 70 年科学治沙实录

是这样的，阿尔是水，阿尔是绿，阿尔是蓝，唯独北甸子是黄，黄沙的黄。

甸子，是方言，本是草地的意思。但加上一个"北"字，就差之千里了。何况，这个北是最北之北。

阿尔乡是彰武最北的乡镇，北甸子是阿尔乡最北的村庄，北甸子以北，是全国最大的沙地——内蒙古科尔沁沙地。二者接壤，不是简单的两省相接，而是深深嵌入。深到何种程度？东西南北四个方向中，北甸子有三面处于沙漠腹地，只有南面通往彰武的章古台。更直接点说，北甸子是科尔沁沙地的一部分。

狂风肆虐，满目黄沙，这是北甸子人一出生就看到的。

出于对绿色的渴望，他们的做法令人感动。当走进这个小村庄，你会发现很多农户家的窗台上都摆着碗或碟，里面盛着水，水中泡着一棵白菜根。这是北甸子延续多年的习俗。

"为什么会有这样的习俗？"

"因为白菜根会长出绿！"

"绿是荒漠中的光亮，看到这光亮，人们的心里就生出了希望。"

可是，希望终归是希望，难以照彻现实。一年四季，七八级大风在这里刮个不停，尤其是风沙最为严重的春天，走在田埂上的人都站不住脚，地里的秧苗就更不用说了。

一茬茬秧苗被掩埋，一片片农田被吞噬，村民年年盼，天天盼，风沙这头怪兽就是制伏不了。因为无法糊口，有不少农户都搬走了。

村里的老人说，这是个"魔鬼之地"。

"魔鬼之地？"

"可不是……"

一个问号勾起了老人伤心的回忆。

"我有一个老姐妹，也住在这个村子里。多年前的那个腊月，她生病过世，我那外甥一大早就去外乡亲戚家送信。沙窝子路不好走，往回赶的时候天已经黑了，他在沙坨子里迷了路，走了一夜也没能走回家来。第二天早上，乡亲们出去寻找，找到时人已经没气了。

"眼瞅着就走到村口了，就差那么几步就到家了，唉，年轻轻的，活活被冻死了……"

老人叹口气，说："这黄沙，真是可怕的魔鬼！"

魔鬼之地，老人说得并不夸张。

1996年，国家有关部门到阿尔乡北甸子村进行实地考察，最后得出这样的结论——此地不适合人居，需整体搬迁。

第一片希望林

整体搬迁，这四个字意味着什么？

意味着远离故土，意味着村庄的消失，意味着子子孙孙再没有自己的根……

"搬家，老祖宗咋办？后代咋办？我这领头人的脸往哪儿放？"晚上，时任村支书董福财急得一夜未合眼。

不能让老祖宗的土地毁在自己的手里！

第二天清早，他匆匆赶到镇里找到领导。

"我们坚决不搬！"

"不搬，北甸子村哪有出头之日？"

"我们自己治沙！"

"怎么治？"

"栽树！"

"6万亩地，你栽得起？"

"栽得起！"

"过去你也不是没栽过树，到头来咋样呢？还不是'风起白沙飞'的老样子！"

"一直栽到死，我就不信变不了样！"

"老董啊，你可别犟了，一提栽树村民都绕道走，谁能和你一起栽呢！"

"我找他们去！"

董福财回到北甸子，挨家挨户做动员。

"这风沙是病根，只要栽上树……"

还没等他说完，村民就打断了："老支书，不是我们听不进去，咱这沙地上根本就长不出树来，都白干那些年了，再干也是白搭！"

这算是好听的。

有的干脆说："我们可不干那傻事，要栽你自己栽去！"

"等你先栽活了，再和我们说栽树的事吧！"

"人家说得在理儿，我自己先栽，打个样儿让大家看看！"

说干就干。1997年春天，董福财贷款1万元，承包了自家附近的200亩沙坨子。

他带领老伴儿和两个未成年的孩子，扛着铁锹和树苗走上了沙坨子。

由流沙堆成的沙坨子，行走起来十分艰难。一脚踩下去，沙子没过了脚踝，再向上走，沙子又没过了膝盖。在这样的地方挖树坑就更难了，一锹挖下去，流沙滑下来，再一锹下去，又被沙子填平了。

琢磨来琢磨去，董福财想出来这么一个办法。

挖一锹沙，浇一遍水；挖一锹沙，浇一遍水。

这办法灵倒是灵，可知道水是打哪儿弄来的吗？

是在几里地以外的泡子里。

浇树坑的水，是他赶着马车从那儿打来的，一桶一桶拉到沙坨子脚下，再一桶一桶挑到坨梁上，挖一锹浇一遍，直到树坑有了形。沙子吃水吃得厉害，浇上一桶半桶的根本不当事，他就在沙坨子和泡子之间一趟趟来回跑。

树苗总算栽进树坑了，可是无情的风沙并不可怜这一家四口，几百棵树苗被悉数连根拔出。他们再重新挖坑，重新浇水，重新栽树苗……累得散了架子的两个孩子坐在沙地上，不肯起来。

董福财发起脾气来，大声训斥他们。

姐弟俩嘤嘤地哭，死活不栽了。

坨子里的风夹带着沙粒猛烈地吹，看着两个孩子被吹裂的脸，手上也磨出了与年龄极不相称的老茧，老伴儿刘玉莲掉泪了。

她埋怨道："人家的孩子在看书学习，咱家的孩子在这灰土灰脸地出苦大力，你这当老子的可真狠心！"

董福财理直气壮地回击："这点苦都吃不了，还有什么出息！"

"为了这栽不活的树，你连咱家的地也不种了，让孩子跟咱们喝西北风去啊？"

"不固沙那才叫喝西北风呢！只要他俩还姓我这个'董'，就得跟我栽树！"

"栽树！栽树！你就知道栽树……"刘玉莲搂着两个孩子，娘儿仨一起哭。

这些丝毫没有打动态度强硬的董福财。

最终，刘玉莲和孩子们再次成为董福财手下的"义务劳工"。

4个忙碌的身影又重新出现在起伏的沙丘上。

经过多种尝试之后，他们找到了新路子：把踩扁了的玉米秆平铺在树坑周围，挡住风沙，保护树苗。

汗没白流，一棵棵树苗扎下了根。

草木难生的北甸子村，终于长出了第一片"希望林"！

春天回来了

栽树的成功，让董福财说话有了底气。

第二年，他用大喇叭召集村民开会。

会上，他大声说：是党员的，都站出来！

村里的党员你瞅瞅我，我瞅瞅你，不知老董到底要干什么。

"党员是咱老百姓的样板，有困难得带头上，一点苦都吃不了，一点奉献都不讲，还要党员的名号做啥？"

董福财抬高了声音，接着说："只有我们走在前边，干出来了，老百姓才跟着我们走。连党员都坐在这里等，北甸子还能向前迈步吗？"

"不改变咱北甸子的面貌，将来，连子孙都得笑话咱！"

他一声比一声高，11名党员听得低下了头。

他的老伙计邢守龙接过他的话茬："老董啊，啥也别说了，我跟着你干！"

其他党员也都表了态。

"把村上的2000亩沙坨子包下来，栽树！"

"成！"大家异口同声地回应。

这回，起伏的沙坨子上不再是孤单的4个身影了，而是由董福财和11名党员、亲戚组成的一个大队伍。

他们从沙丘脚下向坡上栽，肩挑背扛，传递树苗，接力浇水……

人多力量大，集体智慧广，他们一边栽树一边总结方法，成活率逐步提高。

3年时间，一片片白沙丘变成了一片片绿坨子！

眼见为实，这回老百姓都服了：北甸子也能长出绿树来！

这何尝不是他们心底的愿望呢！

2000年，新千年的开始，北甸子村也迎来了新气象：村民纷纷加入栽树的队伍，满怀信心地扛起树苗，跟着董福财走上了沙坨子！

2002年，国家出台了退耕还林政策。董福财率先拿出自己家的30多亩耕地，全部栽上了树苗。这回轮不上董福财再做思想工作了，大喇叭一喊，村民都来了。

干啥？退耕还林呗！

老支书图啥？还不是为让北甸子好，还不是为北甸子人过上好日子？跟着他干不会错的！

据当时统计，北甸子村人均退耕还林15亩。通过1年栽树、2年补栽，栽下的300万株树苗成活率达到85%以上。

沙坨子上栽树成活率达到85%以上，这可不是容易的事。

村民说，村里的每一棵树都留有董福财的手印。

董福财的亲家老陈说："栽树，数老董最累。旁人栽树，他眼睛盯着，树坑挖得深不深，树苗栽得直不直，土踩得实不实，水浇得透不透……为这，没少得罪人！"

说到这，老陈笑了。

笑啥？

他指着一旁的老伴儿说："就连他这个亲家母都被数落过。'不合格，都拔了，重栽！'那大嗓门子啊，一点不留情面。"

他老伴儿红着脸说："嗨，都过去的事了，还提它干啥。当初多亏他看得严，要不这林子咋能横瞅成行、竖看成线呢！"

村上的护林员说："老支书就是对树亲，连亲儿子都比不上。"

有一次，董福财的儿子董伟家的牛跑进了林地，不巧让董福财撞了个正着，他冲着董伟一顿大骂后，还给护林员庄守军打电话，说这有一个牲畜啃食树苗的事件，让他赶快过来处理。

护林员庄守军急匆匆地赶来，一看哪是别人啊，是董福财的儿子，连忙上前劝说。

他这一劝不要紧，更激起了董福财心中的怒火："你忘了这树是怎么栽出来的吗？你忘了风沙是怎样吞没庄稼的了吗？你忘了乡亲们差点背井离乡了吗……"

不依不饶的董福财跟护林员急眼了："给我狠狠地罚！"直到董伟交了500元罚款，这事才算了结。

村民们都说，树是北甸子的保护神，董福财是树的保护神。

有了这个保护神，才有了300万株的林海，才有了那道长15公里、宽3公里的阻挡风沙的绿色屏障，才有了北甸子村几代人渴盼已久的春天。

移山填海修成"天路"

沙坨子，北甸子人称之为山。

北甸子村到阿尔乡镇之间，有一座百米高的山，这座山挡住了北甸子人通往外界的去路，一挡就是几十年。

孩子们去学校上学，病人去医院看病，村民去镇里赶集，不管是爬山还是绕路走，都十分吃力。因为路难走，有不少孩子早早地辍学在家了；因为路难走，严重的病人还没等到医院就颠得没气了；因为路难走，村里买什么都加价，买种子贵，买化肥贵，反正什么都比别处贵。

相反，村民一路颠簸赶到集市上卖的东西，啥都便宜。本来都便宜到家了，买主还一个劲儿把价格往下压。

"你就别讲价了吧，你看我这大老远来的不容易……"北甸子人和买主商量。

买主凭以往的经验说："那你把货再带回去不是更不容易了吗？"

这话戳到北甸子人心里去了，他们的眼前立马出现一路上的艰难场景。唉，有什么办法呢！要是不卖给人家，那就真得费劲再背回去。穷怕了的北甸子人只好松了口，心不甘情不愿地完成了这笔交易。

回来的路上，他们在心里安慰自己：怎么说也比村里的邢守军强吧！

邢守军咋了？连赔本生意都没做成。为啥？"货"死了。那年夏天，邢守军看着猪圈里的3头猪可以出手了，喜滋滋地找来邻居帮着赶上了牛车，准备到镇里的集市上卖个好价钱。临出家门，他还答应了一家老小，回来的时候会带些稀罕东西给他们。等他赶着车出了村口，绕过那座山，赶到集市上时，心里的火噌噌地往外冒。

猪不喘气了。

"来时活蹦乱跳的，就因路远天热才死的，你就留下吧。"邢守军跟买主说好话。

"我留下，卖谁去？谁知道这猪是咋死的！哪个敢吃死猪肉啊？"买主说啥也不要了。

类似的事情屡屡发生，村民的日子紧紧巴巴，始终翻不了身，身为村支书的董福财又怎能不揪心！

铲平那座沙丘，修路！

2002年，经过积极争取，北甸子村通往阿尔乡的村级公路立项了。可是施工队队长到现场一看就摇头了，说："修这么多年路，头一回遇见要在沙丘上修路的，还这么高，大设备进不来，这路根本没法修。"

"我们自己铲平沙丘。"生怕人家撂挑子，董福财想都没想就夸下海口。

"还得用实土和石头把路基垫起来才行。"

董福财说："行，这些都能办到。"

这可相当于移山填海啊，能办到吗？

贫穷的北甸子村没有资金，上哪儿雇工去？

让村民出义务工？这八成不太容易，家里一大堆农活还忙不过来呢，村民哪有工夫当义工？

古时候的愚公能移山，现代人有啥不能的。董福财把自家的马车赶到山脚下，一锹一锹装到车上，再一车车运走。

一天过去了，两天过去，三天过去了，山还是不见低。这样下去今年就修不上路了，等到明年……不行！

晚上，不顾劳累的董福财走进村民家里做动员："不彻底铲除沙丘，就拔不掉咱北甸子的穷根；如果耽误了工期，就错过了难得的好机会了；这路早通一天，咱们就早富一天……"

第二天，全村老少放下了手中的农活，赶上马车跟着董福财一起上山铲土、运土，董福财老伴儿把烧火做饭的家什搬到了工地上，给大家做饭、烧水……从早忙到晚。

历经两个月的奋战，那座巨大的沙丘终于被"搬走"了！

紧接着，又开始垫路基……

连日的劳顿，连马都累得不干了。急着赶工的董福财上前拽缰绳，马一尥蹶子把董福财踢倒在地。村民们把他抬上车拉到医院，医生一检查发现，脾被踢裂了，最后做了脾摘除手术。躺在病床上的董福财顾不上伤口的疼痛，一遍遍问老伴儿："路基夯实没呢？"

心急如焚的他等不到出院的日子就又投入修路现场……

好不容易路基修好了，又一场严峻的考验降临。

2003年夏天，修好的路基被一场突如其来的大雨冲开了一道大豁口。董福财叫来姑爷和附近的几个亲戚，开上四轮拖拉机冲进雨里。他们从一里地以外的地方挖来草皮，往豁口上堵。由于水势太猛，草皮刚堵上去就被冲了出来。董福财想都没想当即跳进水里，用身体顶着草皮，一次次往豁口里添加。就这样用了10多车草皮，终于把豁口堵住了。被雨水泡得浑身冰凉的董福财和家人回到家里时，已是夜里12点。

地形条件最差、施工难度最大、历经磨难最多的"天路"终于在2003年8月全线开通了，北甸子到阿尔乡镇的路程缩短了，时间减少了一半。

以后去镇上，再也不用爬山蹚水了，村民脸上乐开了花。

封闭多年的北甸子与外面联系的"大门"终于打开，这个梦终于圆了！后来，人们不约而同地称这条路为"福财路"。

富了北甸子，苦了他一人

树，改变了北甸子村。

路，改变了北甸子村。

北甸子村富了。

走进北甸子村，映入眼帘的，除了郁郁葱葱的树，干净整洁的村路,还有一排排宽敞明亮的房子。走进村民家里,更是眼前一亮:装饰一新的房间,时尚的家具,现代化的家用电器,不比城里差。

董福财的家却不在其列。

他的家在哪儿?

村民说:"他家最好找,你看村里哪座房子最显眼哪个就是他家。"

怎么个显眼法?

那还用说吗?破呗!

顺着村民所指的方向往前走,果不其然:低矮,破旧,窗子旧了,门也旧了,屋顶还压着一块块砖头,压在下面的是防雨水的油毡纸。

走进去再看:光线昏暗的屋子里,唯一的家具是靠墙站着的老式立柜,两扇立柜门半开半合,有一扇感觉马上就要掉下来了……

"山绿了,路通了,日子越来越好了,董书记家咋还这样清贫?"

"他'一根筋'想着大家,哪能顾得上自己的小家?"村民宋旭东说,那年他家修房子没钱,是董书记把自己家买种子和化肥的钱拿出来,帮他垫上的。

村里的好多人,他都帮过。

养牛大户王辉说:"我能有今天,多亏了董书记。"

15年前,王辉的父亲病故,之前看病欠下的债务需要还上。他想到了养牛,养牛需要盖牛舍,买牛也需要钱,这两项加起来至少得10万块钱。王辉从亲戚那里东挪西借,勉强凑了2万元。

穷小子心有翻身的梦想,还没等迈步就被钱给绊倒了,一筹莫展的王辉走进董福财的家门。

董福财听他讲完,二话不说,起身就带他去了信用社。

"贷款,我给他担保!"

半个月后，贷款跑下来了，他又带着没有养殖经验的王辉选牛种，找信息，联系客户……这些，都是缩影。

他把北甸子村这个"大家"当得村民心服口服，可自己的家却没当好。

孩子们说："咱家的房子也翻盖一下吧，要不看着太寒酸了。"董福财说："没倒也没塌，推倒了翻盖，那叫败家。"

可要是别人家的房子，他早就帮人家推倒重新盖了。

一提到这个"里外不分"的人，家人的埋怨能说上一箩筐。

他老伴儿刘玉莲说，有一年下大雨，把家里的山墙冲倒了，董福财忙着栽树顾不上这些，没办法的刘玉莲就把远在黑龙江的哥哥找来帮忙。哥哥赶来一看豁着大口子的房子，心疼得要把妹妹带走。

女儿结婚盖房，想批两棵树，董福财硬是没答应。

儿媳妇嫁过来多年，地无一垄，他置之不理，把地分给了同样条件的村民。

弟媳妇孩子即将出生，分地本该有份儿，他说还没上户口，得按程序办事。

他的5个兄弟，不但没跟着他这个当村支书的大哥沾半点光，还净跟着吃亏了。拿分地来说，一到兄弟们这儿，董福财那根测量的线就绷得紧紧的，每一次，兄弟们的地都比别人少一垄。

兄弟们一开始生闷气，这样的事多了，也就习惯了。谁让他们姓董呢？谁让他们是董福财的兄弟呢？

董福财，这块苦了自己、苦了家人、苦了亲戚的铺路石，把乡亲们引领到了致富的路上。2014年，北甸子村人均纯收入达到近万元，比2000年增加了近8倍。仅养殖业一项人均就增收4000元，每户每年都能赚上个三四万。

树绿了，路好走了，腰包也鼓了，北甸子人说，啥也不愁了。

生命的最后时刻

积劳成疾，董福财病倒了。

2014年11月，当他被确诊为癌症晚期时，连医院的专家都无法相信，这难以忍受的巨大疼痛，他是怎么坚持这么久的。

"这怎么可能？7天前，老董还和我一起到省畜牧局咨询建养殖示范小区的政策和资金扶持的事呢！"北甸子村驻村工作队队长张伟听到这个消息，万分惊诧。

"当时，他的劲头那个足，一点看不出病痛缠身。要是早知道，当时就去医院，说不定还能多活呢。"他后悔不已地说。

要是早发现……

要是早发现又能怎样呢？他还不是照样爬起来，强忍着为北甸子奔波？

从19岁做北甸子当家人那天起，他哪一刻把自己放在心上？就连已经骨瘦如柴、大把大把吃药的垂危时刻，还一个劲儿地念叨着村上的事呢——

"从前，咱村穷，买不起树苗，栽的树大多是杨树。以后要是有钱了，就都栽上松树，松树树根能抓土，挡沙效果好……"

"山上的树，有的刚有碗口粗，让护林员看守住，千万不能破坏了，咱北甸子离不开树……"

"往后啊，多栽点经济林吧，让村民再多些收入……"

有一天清早，在土炕上躺了两个多月的董福财突然坐了起来。

他对儿子董伟说："昨晚，我又做梦了，梦见领着大伙在山上栽树。"

董伟望着已经多日不能进食、瘦得体重不到 60 斤的父亲，鼻子一酸。

"小伟啊，我想再看看那片树林，你今天有空吗？带我出去走走吧。"

董伟把他扶上车，拉着他沿着树林慢慢向前开。坐在车上的董福财手指窗外的树林，边回忆边落泪……

《共产党员》封面上的那张照片，就是这一次拍的。这是董福财生前最后一张照片。

2015 年 3 月 21 日，为北甸子村鞠躬尽瘁了 43 年的董福财病逝。

3 月 23 日凌晨 4 点，全村百姓自发会聚在村口，周边县乡的村民也从四面八方赶来，400 多人的送行队伍出现在北甸子村……

亲人按照他的遗愿，把他安葬在了他亲手栽的那片树林里。

董福财没死

"把我埋在这片林下，让我日日夜夜看着这片林子。"董福财的这句话回响在北甸子村。大家都说，董福财没死。

2015 年 4 月 23 日，中共辽宁省委宣传部授予董福财同志"辽宁好人·时代楷模"荣誉称号。

5 月 23 日，时任辽宁省委书记李希就董福财先进事迹作出批示：董福财这样的"治沙书记"事迹值得总结、推广、学习。

6 月 23 日，中共辽宁省委追授董福财同志为"优秀共产党员"。省委号召全省广大党员、干部向董福财同志学习，学习他信念坚定、对党忠诚的政治品质，始终保持强烈的事业心和责任感，把党和人民的事业放在心中最高位置；学习他牢记宗旨、心系群众的为民情怀，一心想着群众，一切为了群众，真心实意为群众谋利益；学习他敢于担当、攻坚克难的奋斗精神，始终保持奋发有为、开拓进取的昂扬锐气，脚踏实地、干事创业；学习他严于律己、无私奉献的高尚情操，艰苦奋斗，淡泊名利，清正廉洁，一心为公，永葆共产党人的政治本色。

2016年6月27日，董福财精神党性教育基地在董福财的家乡阿尔乡镇北甸子村成立。2017年12月，董福财精神党性教育基地入选辽宁省第三批爱国主义教育示范基地。来自省内外的广大党员干部走进董福财先进事迹陈列馆，重走"希望林"和"福财路"，感受董福财同志担当奉献的一生，接受心灵的洗礼。

中央、省、市各新闻媒体对董福财的事迹宣传后，辽宁广播电视台、阜新市委宣传部联合出品了3集广播连续剧《好大一棵樟子松》，该剧荣获了第十四届全国精神文明建设"五个一工程"奖。通过这部作品，董福财焦裕禄式的好干部形象得到更广泛的传播，彰武治沙精神得到了更精准的诠释。

董福财并没有死，他如一棵不倒的樟子松挺立在天地之间。

生命远去，精神犹存，他成为人们心中一道永恒的风景。

侯贵：有生之年，不会下山

2021年7月1日早上，71岁老人侯贵的身影出现在北京天安门广场上。

这对侯贵老人来讲可是生命中重要的一幕。这是他有生以来第一次走出那个叫作刘家村的小村庄，走到向往已久的首都北京。更何况，这是在中国共产党成立100周年的特殊日子，是在习近平总书记发表重要讲话的庆典的现场。侯贵，一个普通老人，怎么会如此幸运地出现在这盛大的仪式之中呢？

让我们将指针回拨到1951年——侯贵出生的那一年。

可以这样说，他一睁开眼睛就看到了漫天的黄沙。他的出生地距离科尔沁沙地不足2公里，是出了名的沙窝子。侯贵的成长，伴随着风沙没完没了的侵袭，也伴随着父老乡亲们一声比一声沉重的唉声叹气。所以在很小的时候，他就萌生了治理风沙的愿望。中学毕业后，成绩优异的他没有像其他同学那样，向高处走，到城里找出路，而是回到了让自己恨也让自己爱着的小村庄。

那木斯莱之蓝：彰武 70 年科学治沙实录

1975 年，要求进步的他入了党，后又因为负责能干，被乡亲们推选为村主任。那些年里，他起早贪黑，带领村民在沙土地上劳作，农闲时便走上沙丘栽树。可惜土地太贫瘠，风沙太大，每个春天都要种好几茬才见绿。树就更不用提了，这边栽那边被风刮跑，好不容易扎下根的也长不高，稀稀落落的，根本对付不了来势凶猛的风沙。

就这样，从春忙到秋，过去了一年又一年，侯贵总感觉心里不是滋味。

1999 年春天，村民种下的庄稼刚长出来，一场大风在一夜之间将秧苗吞没。时任村主任的侯贵看到村民们灰心丧气的样子，感到无比痛心。他用拳头敲打自己的胸口，连声说："我这个村主任，当得不称职啊，不称职啊！"

再这样下去，剩下的那几块田地早晚得让沙子给吃了！田地是老百姓的根，没了根可让大家如何活下去？思来想去，侯贵做出一个大胆的选择：植树造林，治理风沙！

2001 年，他来到四合城国有林场，提出要合作——在林场难以治理的沙荒地带栽树。林场负责的同志认为他一时冲动，就用了缓兵之计，说："先试验，等 3 年后树活了，再来正式签合同吧。"

连林场的人都不看好这件事，何况是侯贵的家人，他们当然都不同意。家里人劝他说："这些年，你带领村民也没少栽，可活了几棵？""明摆着是个死胡同，你偏要往墙上撞……"侯贵说："墙撞出窟窿来，路就通了，多栽一棵就多一线希望，等树长起来了，乡亲们的日子就亮堂了！"侯贵决定的事情谁也劝不了，家人没办法，只好由他上山去了。

当地人管高大的沙坨子叫山，林场难以治理的沙荒地就在村子最西头的山上。

| 第七章 | 遍地愚公

先别说栽树有多难，从村子到山上的那段路都难走得超出想象。一脚踩下去，鞋子一半陷了进去，抬起脚时，鞋子里已灌满了沙子。

侯贵每天天不亮就顶着风沙爬上这座山，他还得一次次往山上扛树籽和树苗。一天到晚，他忙得顾不上休息，也顾不上吃饭，实在饿了就掏出又凉又硬的玉米饼子凑合吃。直忙到太阳落山，累得再也直不起腰来，他才不得不走下山去。

他嫌上山、下山来来回回太浪费时间，就凑钱买下了山上的那座房子。说好听点那是房子，其实就是一个临时的简易棚，四处漏风，简陋得根本起不到遮风挡雨的作用。冬天屋子里并不比外面暖和多少，水放在炕上都会冻成冰，晚上睡觉要戴上棉帽子、穿着棉鞋才行。到了夏天，潮湿闷热的屋子里蚊虫肆虐，老鼠和蛇随意出没。要是赶上雨天，外面下大雨，屋里下中雨，炕上地下都是接雨的盆。

尽管他如此艰辛地付出，还是不能逃过屡次失败的厄运。一场大风刮过，栽下去的树苗失踪一半。有的树苗买回来时好好的，栽下去就死了；有的春天栽下时明明活了，到了六七月份就干旱死掉了；还有的挺过了夏季，到了秋天莫名其妙地枯死。费了好大周折栽下去的树苗，成活的还不到三分之一。家人说："这合同还没签，趁着还没彻底栽进去，赶紧回家过消停日子吧。"侯贵说："既然上了马，我就不能停下来！"

一次次栽，一次次补，侯贵逐渐摸索到了沙地栽树的经验，一棵棵树苗终于迎着风沙成长起来。试验成功了！

2004年，林场工作人员到山上验收，结果让他们喜出望外：侯贵林地的树苗保持率已达到了80%，他们与侯贵签订了2000多亩合同。为了不影响村委会工作，也为了把全部精力都用在造林上，2007年村委会换届时，侯贵主动放弃了村主任候选人资格，从此身居山林，

那木斯莱之蓝：彰武 70 年科学治沙实录

一心栽树。

为了造林，他把家里仅有的那点存款用完了，把变卖东西的钱用完了，把房屋抵押贷来的 1.1 万元也用光了。没钱买树苗怎么办？只能采来种子自己培育。在他住的简易房里，除去吃饭和睡觉的地方，到处摆满了盆子，盆子里就是一棵棵正在培育的小树苗。等树苗育好后，再移植到外面去。那些小树苗中，小的只有豆芽那么高，让人根本无法和高大的树木联系到一起。

栽树，赶在春季和雨季成活率高。要想抢抓最佳时机完成大面积造林任务，就得雇人来帮忙。雇人需要钱，而且不是小数目。刚开始每日工钱 20 元，后来涨到 80 元，现在已经涨到了 160 元。侯贵付不起工钱时，就给人家打欠条，等到秋收卖完粮食再还上。他屋子里糊墙的报纸上，多处写着欠款的数目，十分醒目。他在时刻提醒自己，早日还上村民的钱。为此，他舍不得吃、舍不得穿，日子过得十分清苦。一日三餐，他吃的不是米粥加盐豆，就是地瓜加咸菜；衣服也是穿了很多年，旧得早已辨不清颜色；他山下的家是刘家村最破的，也是全四合城最破的，40 多年的老房子再加上年久失修，眼看就快散架了。村主任曾多次劝他修修这座危房，侯贵总是说："等山坡绿了再修房子也不迟。"他攒够了钱就拿去栽树，花多少都舍得，就是不舍得为自己花一分钱。他把家里 20 年的收入都投入造林上了，前后加一起已经超过了 40 万元。有人笑他傻，说别人辛苦为挣钱，他挣的是一身债。侯贵老伴儿说："笑话就笑话吧，这不碍碜，因为我们把钱都用在林地上了。"

侯贵苦心经营的林地一天天绿起来了。

绿起来的山坡吸引了附近的牧民，他们见林子里的草长得茂盛，就纷纷赶着牛羊来这里放牧。看到刚成活的小树苗被成片成片地糟蹋掉，侯贵心疼得直跺脚。

为了防止周边的牛羊进山啃食、践踏苗木，侯贵每天风雨无阻巡山护林。从山坡的东南到西北，来回10多里，他每天早晚各走一遍，相当于走二十几里的路。早上他3点多就得出门，要赶在牧民到达之前守候在主要的路口。晚上不管多累，他都要再巡一遍山，这样才能安心睡着。后来他发现，牧民趁他睡觉时也来放牧，他只好半夜三更爬起来，再驱赶一遍。逢年过节的时候也有人想钻空子，因此，他从没和家人过上一个完整年，甚至连顿团圆饺子也吃不上。他就这样一个人成年累月地在山上，病了也不离开。有一年冬天下大雪，他照旧去巡山，经过一段上坡路时，不小心滑倒摔伤了脚，当时他没有及时返回，而是挺着伤痛、顶着风雪巡完了整座山。等他一瘸一拐回到护林小屋时，整个人都快冻僵了。那一次他受了风寒，由重感冒引发心肌炎，从此落下了病根，经常复发。

护林只有侯贵一个，来山上放牧的牧民是多个，他们你来我走，你走我再来。长期的拉锯战总不是解决问题的办法，需要走村入户说清楚保护沙地植被的好处才行。从那时起，本就忙碌不已的他又多了一项入户宣传的工作。他走进周围的多个村屯，和上百个养殖户进行沟通。当他听说牧民是因为草料不够才去林地放牧时，他顾不上劳累，急忙赶往畜牧技术部门请教，指导牧民储存饲料，引导其实施圈养。

此后，到林地放牧的村民少了，但总有个别的牧民为了眼前的利益屡教不改。阻止他放牧，他就大声质问："这土地你买下来了吗？就兴你栽树，就不兴我放牧了？""你栽的是树，我的牛羊吃的是草，碍着你什么事了？"还有些蛮横无理的，见侯贵死活不让进林地，竟动手打人。最严重的一次，侯贵被打得满身是血，住进了医院。他老伴儿说，树是他的命根子，牛羊啃树皮就跟啃他的心一样，为了这一

那木斯莱之蓝：彰武70年科学治沙实录

片林子，就是挨打挨骂，他也不说苦……话还没说完，她就扭过头，去擦眼角的泪水。

后来，国家出台了禁牧政策，当地政府指派四合林场护林大队帮着管护，侯贵护林的难度才逐渐减轻下来，林地里的树木长势也一年比一年好。

谁知天有不测风云，就在前几年，天气干旱严重，林地水位低，水分蒸发快，成长多年的杨树得了立枯病，大面积死去。

眼睁睁看着亲如儿女的树木大面积死去，侯贵这个硬汉子一下子苍老了许多。在资金最为缺乏的时候，在栽树屡次失败的时候，侯贵从没有掉过一滴眼泪，可这次，他却流下了辛酸的泪水……要知道，那些树是他在小盆里从一粒种子辛苦培育成的，是他一棵棵精心移植到沙地上去的，是他风雨无阻走过相当于地球一周的巡山之路守护得来的，他怎能不老泪纵横呢！

但再大的打击击不倒他！他请来县林业局和林场的技术人员，通过检查会诊，认定杨树易得病，不适合固沙，必须及时更换耐旱性强的树种。按照专家的指点，侯贵选定了生命力顽强的松树。他在房前屋后撒种，育苗成功后，忍痛拔掉了枯死的杨树，重新栽植了元宝枫和油松。在侯贵的精心管理下，成千上万株树苗带着固沙的使命发出了新绿。

这片濒临死亡的林地，终于起死回生。

从侯贵栽下第一棵树苗至今，20年过去了。这些年，他凭着一人之力，完成造林2400多亩，栽植树木26万余株，存活达到21万余株。刘家村绿了，风沙治住了，村里村外的生态环境有了明显的改善，再没有一棵秧苗被刮跑，再没有一片田地被掩埋，村民们春种秋收，收成越来越好。"把沙地变成绿色，给村民带来幸福。"侯贵实现了当初立下的誓言。

顽强奋战了这么多年的侯贵，已是古稀老人了，照理说，他也该歇一歇了，带着与他同甘共苦的老伴儿出去走走，看看外面的世界，好好安度自己的晚年。可是，老觉得时间不够用的他哪舍得停下脚步啊！他的心中，还有许多梦想等待实现呢：他打算在固沙林中套栽些山杏、扁杏和桃树苗，创造一些经济价值后，再投放到固沙造林中；他打算利用10年时间，把林地打造成一流的防风固沙林，使每个树种都达到30万株；他还打算用云杉、皂角、元宝枫、油松、槭树等颜色不一的5个树种，栽出无比壮观的五彩林……他满怀信心地说："只要精心设计，精心施工，精心管理，一定能打造出成功的精品工程！"

侯贵的绿色梦还在不断扩延……但，他所有的梦想都不是为了自己。他说："有生之年，我不会下山，等我走后，这片林子就捐给国家！"

侯贵的事迹赢得了社会的赞誉，他先后获得了"辽宁省优秀共产党员""辽宁好人·身边好人""全国绿化先进个人""全国最美志愿者"等光荣称号。这一次，他以全国优秀共产党员的身份去北京参加全国"两优一先"表彰大会，并参加了"七一"建党百年的隆重庆典。

从北京回来后，侯贵还像从前一样，在林地里埋头忙碌。

提起这次颁奖，他说："我作为一个普通的农民，能够走进人民大会堂，能够站在天安门广场，亲耳听到习近平总书记的重要讲话，这心里当然感到激动和光荣。但同时我也有些担心，林地的升级改造工程至少得需要10年时间，我毕竟一年年老了，怕自己的梦想来不及实现，对不起这份荣誉……"

回想20年来，他经历了育苗栽树的无数次失败，经历了护林早出晚归的重重艰辛，经历了从经济林到生态林的林权变更……他治沙造林的决心始终未曾动摇半分。在他倾家荡产、负债累累的艰难时刻，曾有人出资百万元要转包这片林地。想到转让后一旦树木被砍伐、林地变荒芜，黄沙会再度侵袭家园，侯贵斩钉截铁地拒绝了对方。他一个人在地处偏远、人迹罕至的山林一直坚守到今天，从没有得到一分钱的收入……就这样，他还担心自己对不起这份荣誉，还觉得自己做得不够。

他说，等他把这片林子升级改造好了，才算得上真正的优秀共产党员。

| 第七章 | 遍地愚公

李东魁：在8500亩松林深处

一个人，一匹马，风雨无阻，在大山深处默默穿行。这是30年如一日出现在章古台林海的一道风景。主人公皮肤黝黑，目光坚定，脸庞上刻着深深的皱纹，让人一下子联想到海明威笔下的硬汉形象。

没错，他的确是个硬汉。他的名字叫李东魁，是章古台林场阿尔乡护林点的护林员。1987年，从部队复员的李东魁被分配到章古台林场工作，这里地处"八百里瀚海"的科尔沁沙地南端，是"三北"防护林阻止风沙南侵的第一道防线，也是最重要的一道屏障。

最初的护林点是一处地窖，"房顶"透风漏雨，"屋内"四季潮湿，没有水，也没有电。这里远隔人烟，生活用品和粮食蔬菜要到10里地外的集市去买，尤其是冬季大雪封山时，几个月都见不到人影。异常艰苦的生活条件，吓退了同批分来的3名护林员。

同样是年轻人，同样对美好生活充满期待，谁能不动摇呢？同伴离开的那个清早，李东魁匆匆洗完脸，收拾好行李，拿出从家里带来的窝头，打算吃完最后一口也离开。嚼着自家腌的咸菜，他想起离家

那木斯莱之蓝：彰武 70 年科学治沙实录

前母亲为他打理行囊的一幕，想起小时候和父辈们赶着牛车上山栽树的情景，想起乡亲们经年累月饱受的风沙之苦……沙进人退的场面他是不会忘的，这片树林的非凡意义他是懂得的，最终，他没有迈出那一步。

"我有责任保护这片樟子松林，我要守护在大山身旁，做这片林子的忠诚卫士！"他将收拾好的行囊放回原处，走出门，和惯常一样开始了一天的巡护，开始了一个人作战的漫漫苦旅。

为确保管护区森林安全，不受任何侵害，他每天至少巡山 13 小时，防火期遇到大风天气，则 24 小时不眠值守。累了，就靠在树下打个盹儿；饿了，掏出干粮就凉水吃几口；闷了，就站在林子里喊几声，唱一唱记忆里那些深入骨髓的军歌。日复一日，一年当中三分之二以上的时间，他都在山上巡查巡护。

巡山巡到太阳落的李东魁疲惫地从山上回来，点上蜡烛，用热水泡泡早上的剩饭，还没等动笔写一天的护林日记，令人恐惧的狼嚎声便开始在四周响起。黑漆漆的夜晚，狼的眼睛发出凶恶的绿光，不是一点或几点，而是一大片。李东魁站起身，朝向窗外高唱军歌，一遍一遍，直到狼群退去。近些年，狼渐渐少了，但顽固的蛇始终不见少：房梁、灶台、米袋子里，无处不在。尤其夜深人静时，它们更是猖狂无比，有时甚至会钻进李东魁的被子里。刚开始他愤怒地收拾了它们几回，但白天巡山一整天，哪能总有那精神头，后来他干脆不再理会，继续呼呼大睡。对李东魁来说，蛇的自由出没已司空见惯，但对初来乍到的人来讲绝对是万分惊悚，哪怕是再胆大的男子汉。有一年，李东魁的战友到山上看他，久别重逢，深情话旧，老战友说啥都要在山上陪李东魁住一宿。夜半时分，就听见"扑通"一声巨响，惊醒的战友问李东魁："啥动静，这么瘆人？"李东魁毫不在乎地说："没啥，睡吧。"说完翻身又睡去。战友越想越觉得不对劲儿，硬是将李东魁推醒，要一起看个究竟。没办法，李东魁就起身点上蜡烛，顺着发出声响的地方照去，没想到就在灶台的锅盖上，一黑一白两条蛇扭在一起……战友吓得老半天说不出话来。等缓过神来，他飞一般推开房门，留下一句"你过的简直不是人过的日子！"便头也不回地骑上自行车连夜逃离了大山，从此再也没来过。

除了与恶劣的生活条件作战，与自然生灵作战，他还要与贪欲者作战。

林场是国家的，国家的财产丝毫不能动。他挨家挨户宣传法律政策，游说村民守法守规。有些唯利是图者企图放牧、砍柴、挖沙取土、占地开荒等，并想方设法贿赂他，都被他严词拒绝。没得逞的不法分子怀恨在心，往墙上写威胁的狠话、半夜砸玻璃、水井堵沙子、偷他巡山用的马，有一次甚至把他打得头破血流，但他无怨无悔。病床上的李东魁在日记中写道："选择大山，选择森林，也就是选择了艰难，选择了无悔。但我很欣慰，从选择那一刻起，大山、森林就化为了我生命中的一部分。"纵使前方有千难万险，他都初心不改！

李东魁是大山的好儿子，但他却不是一个合格的丈夫。和妻子结婚30多年，过了10多年的分居生活。家里的事情他什么也顾不上，全都落在妻子的肩上。他深知妻子背后的默默付出，但他却无法分担。他不能种地养家，不能拉扯女儿长大，又不能侍候病榻上的老人，甚至连女儿的婚礼都没去参加，因为，他离不开这片山林。为了守护这里，他连续十几年都没能回家过团圆年。有一年腊月二十八，妻子牵挂丈夫，决定带着孩子上山过年。娘儿俩一大早就从10里外的家中出发，在雪地里跋涉了5个多小时，才赶到李东魁的茅草屋。看着孤苦的丈夫，妻子不禁心酸落泪。无奈之下，妻子只好变卖房子，来到山里和他一起巡山护林。

他的工作得到了上级领导和群众的高度认可，他获得了"最美辽宁工人""第七届辽宁省道德模范""全国森林防火工作先进个人""全国林业系统先进工作者"等多项荣誉称号。2020年，李东魁作为辽宁省林草系统唯一一名受表彰人员，赴京参加全国劳动模范和先进工作者表彰大会，接受党中央、国务院的表彰。

与马为伴、与林为伍、以山为家，他如一棵坚韧的樟子松，深深扎根在8500亩的章古台林海深处。

杨海清：40年，坚守

为得一绿洲，耗尽家财终不悔。

在四合城镇下河村，有一位远近闻名的"植树大王"，他就是有着40余年党龄的老党员杨海清。

从前的下河村，满眼都是白亮亮的沙丘，根本见不着树的影子。赶上一场大风，形成的沙堆能和房顶一样高，根本分不清哪里是沙子，哪里是房子。院子里不敢放东西，一旦被沙子埋上就找不到了。田地里的庄稼就更不用说了，刚刚种下去的种子，不是被沙子深深掩埋，就是被狂风吹到天上，成活率低得可怜。

面对风起沙飞的贫瘠之地，不少村民选择了背井离乡，村里原有90户人家，被风沙"撵走"了20多户。不认输的杨海清选择留下来，他下决心要制伏风沙。他拿出家里的积蓄买了草籽和树苗，走进没有一点绿色的沙坨子。

1984年，随着国家鼓励群众治沙、造林的政策出台，当地乡政府动员农民承包荒坡植树造林时，34岁的杨海清第一个报了名。他贷款8000元，毅然承包了村后1000多亩沙丘。这好比一颗扔出的炸弹，引得村民们议论纷纷：

"沙坨子上能栽树？小小村民还能治得了沙？"

"就算小树苗躲过了风沙，也躲不了干旱，没个活！"

"他这不是有钱没地方花嘛！"

家人听说后也直摇头反对，"好好的日子不过，偏要整个大白沙滩子，要是栽树不活，把家底都扔里头可咋整？"倔强的杨海清不改初衷：难道沙丘就该永远是沙丘，荒山就该永远是荒山吗？老杨我这辈子就要和风沙决个胜负！

杨海清来到章古台固沙造林研究所和四合城国有林场，请教专家。专家告诉他，想栽树，得先用沙打旺把沙固住，于是他弄来了200多公斤沙打旺草籽。

可是在沙化严重的沙坨子种草谈何容易啊！尤其是小如米粒的沙打旺草籽，种深了，草长不出来；种浅了，草籽会被风刮跑。何况，在沙坨子上挖坑埋籽，一天就能种一亩多地，1000多亩地得什么时候种完呢？杨海清在山上来来回回地琢磨。忽然，他眼前一亮，他发现羊蹄子踩下的脚印大约1厘米深，正是种沙打旺草籽的深度，这真是个既省时省力又省工钱的好办法！

他马上把本村和邻村的羊倌请来，让他们帮忙把160只羊赶进沙坨子里，然后他又雇人顺着羊蹄子印撒草籽。只用了3天时间，就完成了播种任务。

一场雨过后，草长了出来。

沙坨子一天天绿了，沙被固住了，土壤的水分慢慢充足了，这回杨海清的劲头足了，他又贷款买来10多万棵桑树、白榆和刺槐的树苗栽下。听专家说樟子松固沙效果很好，他又将自家值钱的东西卖了，加上2000元钱贷款,在专家的指点和全村老少的帮助下,用了两个春天的时间栽了20多万株樟子松苗。

栽树成功了!杨海清别提有多高兴了。

但这只能说是局部成功。俗话说栽树要三分种七分管,何况是在沙坨子上栽树。为了管理好这片树林,他天不亮就骑马到山上进行巡护。早一遍,晚一遍,不管烈日当空还是北风呼啸,每天不走上两遍,他的心里就觉得不踏实。树被风吹倒了,他第一时间扶起来;牲畜上山了,他马上将它们赶下山去;哪个砍树了,他立即按迹寻踪。沙坨子里的一草一木,如同杨海清看着长大的孩子,每次看到它们受到伤害,他都要难受好一阵子。下河村的沙坨子林木少,冬天烧柴一直是个难题。封山后,杨海清宁可花高价到乡里买煤烧,也绝不到坨子里搂草打柴。谁也不能动他坨子里的柴草,家人也不行。有一次,老伴儿在坨子里搂了两捆柴草,杨海清知道后,跟老伴儿狠狠地发了一顿火,老伴儿很委屈地把柴草重新撒在沙坨子上……就这样,在杨海清的精心呵护下,树长高了,一片青翠蔓上沙丘。

为了这一片青翠,杨海清背负了多年的贷款;为了给雇工付工钱,他带着家人出去打短工;为了补植冻死的树苗,他一次投入10万元……家里所有的积蓄都花掉了,10头牛、3匹马、13只羊也卖掉了。对于一个农民家庭来讲,这笔投入不亚于天文数字。有人问他:"你栽的生态林花了不少钱,到现在也没啥收入,你咋还这么劲头十足?"他笑着回答:"我有这么大的绿色银行,子孙后代就不受沙子气了,谁说我没有收入?"

星移斗转,39年过去了,获得"全国优秀乡村护林员""辽宁省劳动模范""辽宁省优秀共产党员""辽宁省十大绿化标兵"称号的固沙造林个体奋斗者杨海清已成为白发苍苍的老人,但他的笑容依然自信，说话依然铿锵有力，身躯依旧挺拔。我们明白，这是不对命运屈服的姿态，是扛得起、豁得出的气度与风貌。在他的带动下，乡亲们也都陆续承包沙地，开始固沙造林。如今，下河村的森林覆盖率由1984年的10％增加到现在的50％，耕地面积也由原来的1500亩增加到2200亩。

一片又一片的树林已长得枝繁叶茂、耸入云天，下河村的绿色版图不断扩大，几代人的绿色梦实现了！

| 第七章 | 遍地愚公

马辉：沙漠之花

在大漠深处，我看见脸颊褐红的你

你像盛开在沙漠里的花

一朵叫作马辉的花，一朵坚韧顽强的花，一朵带着血色的花

你被风吹裂的嘴角渗着血，被铁锹磨出老茧的手心流着血

你脚上磨破的血泡，染透了厚底的"海拉尔"棉鞋，又冻成了冰碴儿

我已流泪，无法将辽蒙边界林46公里长的故事完整地讲完……

这是一首歌颂马辉的诗。

马辉是谁？

是"身虽女儿身，心是壮士心，不怕双肩承重任，不怕风雨寒霜侵"的女汉子，阿尔乡镇原副镇长。

阿尔乡镇是辽宁省风沙危害最严重的地区之一。这里除了荒地、沙质草场，就是流动沙丘和半流动沙丘，"一年刮两次风，一次刮半

那木斯莱之蓝：彰武 70 年科学治沙实录

年"，"风沙猖獗到能将房屋内的办公桌和椅子直接吹到院子里"，这样描述毫不为过。科尔沁沙地的风沙不断袭来，农田不断被黄沙吞噬，道路不断被黄沙掩埋，沙患，如芒在背。

1998 年，马辉来到阿尔乡镇林业站工作，面对土地沙化严重、林业基础薄弱、森林资源缺乏、水土流失严重的状况，暗暗立下"驯服沙漠"的誓言：我要栽树！要让恶化的生态环境好起来！要让村民紧皱的眉头舒展开！

可有句话说得好：愿望很美好，现实很残酷。要在"抬头是沙，低头也是沙"的坨子里栽树，那苦头可不是一般人能经受得住的，更何况一个女人。

说干就干。天不亮，她就出发。那时村屯里还没有路，交通靠马车，她就套上马车，坐在车老板的位置，甩起鞭子赶着马车往沙坨子里运树苗。车轮陷到沙坑里，她就跳下马车，在车后面推；马车走不到的地方，她就把树苗一捆捆地扛到植树点去。挖好的树坑被流沙填平了，那就重新再挖。栽下的树苗被埋在土里，她就跪在地上，用手一把一把刨土，把树苗从土里刨出来，扶正了再重新栽。栽好的树，要浇足水分才行。水要从几里外的地方一桶一桶挑到山顶，背酸了，肩膀勒出血痕。就这样，运树苗、挖坑、栽树、浇水，不知反复多少回，才能栽活一棵树。

这样一来，进度缓慢不说，无情的风还继续无情，辛苦几个月才栽下的幼苗一夜之间被连根拔起，她瘫坐在沙坨子里，眼泪顺着干裂的脸颊往下流……"不行，我停下来，身后的队伍就会失去主心骨，大家停下来，再建立起栽树的信心就更难了，总得有人受这份苦，总得有人栽这片树。"她擦掉眼泪，站起身："从头再来！"

为了赶进度，她中午舍不得时间回家，在沙坑里稍坐一会儿算是休息，啃块干饼算是充饥，风沙大的日子，还免不了吃一顿"沙拌饭"，有时忙得连饭都忘了吃，想起来就赶紧凑合一顿。时间长了，她受得了，胃却受不了，她背着家人，在衣服口袋里带上治胃疼的药片，继续奔忙在茫茫风沙中。

在风沙口上奋战十几个小时，天天如此，没有星期天，没有节假日，就连在元旦，她依然和造林队员在山上忙碌。而山下，灯火闪烁，家家户户正其乐融融地吃着团圆饭。她牺牲的何止是与家人团聚的美好时光！作为妻子，她常年没时间料理家务；作为母亲，她一直没时间照顾孩子；作为女人，她从来没呵护过自己。从她的外表便能看出这点：一身老绿的迷彩工作服上还带着沙土，一条纱巾早已褪了颜色，她的脸被晒得那样粗糙，她的嘴唇被吹得裂出血口，她的手被磨出老茧，虎口还带着血痕……她没穿过一条裙子，没穿过一双高跟鞋，没用过一盒化妆品……她，把最美的装扮都给了沙丘。

但这并不影响她在人们心中的美。面对失败，一笑而过。困难面前，见英雄本色。风雨来时，她不凋；霜雪尽处，她不落。她是一朵具有钢铁般意志的"沙漠花"！

寒来暑往，披星戴月，终换得1000万余株树苗长势葱郁，终换得46公里辽蒙边界防护林绿意绵延。科尔沁风沙的脚步止住了，阿尔乡脆弱的生态得到了恢复，人与自然和谐相处，农业生产健康发展，沙乡人露出了久违的笑容。

艰辛走出闪光的脚印，马辉获得了"辽宁好人·最美振兴发展带头人"、辽宁"最美人物"等荣誉称号。与沙为伍20年，马辉现已年过半百，但她依然热情不减，她说："不管我多大年纪，不管我还剩多少力气，我都将投身于这场'绿色革命'中！"

那木斯莱之蓝：彰武70年科学治沙实录

人与城的生态之约

山色青青，湖光滟滟，微风吹拂立体的画卷。

2020年，《人民日报》新媒体发布了《新千里江山图》。纵览画卷，万里长城、故宫、大运河森林公园、七里海湿地、张北草原、塞罕坝林海，排在第七张位置的是——彰武沙漠绿化。

彰武能在这幅气势磅礴的画卷上绽放异彩，离不开大漠深处描绘"青绿图"的人。

试问"青绿"何处起，人人指向杏山村。

"杏山村"不是山西产酒的杏花村，是辽宁彰武植树第一村——丰田乡杏山村。

既然是"第一"，那肯定是早。

早在何时？1949年。

那年春天，彰武县第一个农民造林互助组在杏山村成立。被推举为互助组组长的王殿臣带领组员扛着铁锹走上村北坡的大风口，在那里栽下了75亩树。

1950年，一些村民见空旷的村子有了绿意，积极加入到互助组，他们又栽下120亩树。

1951年，王殿臣带领村民成立了造林合作社，将大杏山、小杏山、程自沟三个自然屯的63户人家318口人组织起来，将其中133个劳动力组成了7个造林小组和5个育苗小组，当年完成了360亩造林任务。

1952年，互助组又造林112亩……

无需再逐一列举，连贯的时间表及逐年增加的数据，足以见证这一群人改变家园面貌的迫切和造林治沙的步履匆匆。

为满足大规模造林需要，王殿臣带领村民建起了10亩地的苗圃，培育了杨树、榆树和槐树等苗木。

树，一年年染绿了杏山村。

据90岁的老杏山村人讲，当时的造林成活率达到了85%。在多旱少雨的沙区，这样的比例并不多见，王殿臣的互助组是如何做到的呢？

水，是水。栽树离不开水。

杏山村本没水，水是从村西头的小河套"借来"的。

小河套是内蒙古库伦旗境内扣河下梢的一个小分支，王殿臣发动群众用半年的时间修建了一道拦河坝，把小河套的水引到了林地，让干渴的树苗喝到了"保命水"。

植树第一村不仅留下了一片片浓绿的树林，也留下了行之有效的"造林口诀"和沿用至今的"造林方案"。

"一埋、二踩、三提苗"，别看这个口诀简单到只有七个字，实用性却很强。当时的造林成活率高，与这三个动作不无关系。

"田成方，林成网"，同样简约而不简单。

那木斯莱之蓝：彰武70年科学治沙实录

出身穷苦的农民虽没读过几年书，也不懂造林规划设计，但这不能说明他们缺少智慧。为了"高标准"造林，有效挡住风沙、留住农田，王殿臣和村里有文化的农民绕着荒山耕地一遍遍走，一遍遍琢磨，最终找到了门道。

他们以烧火棍为笔，以土房的山墙为纸，勾画出了"田"和"网"的模样。依此图，他们造出了18条防护林带和5片规模林地。后来，这18条防护林带被升级列为"三北"防护林体系，纳入了国有林场，总面积达1.2万亩。

互助组造林见成效后，县里鼓励其将经验向周边推广。王殿臣挑起作业区主任的担子，在杏山、胜利、差大马、四家子、大板、沙家、王家7个村开展攻坚造林。经过不懈努力，他们在农田及农田边缘营造出纵横交织的农田防护林带。当时，仅丰田、满堂红地区栽植的林带就达6000多亩。

人们说，凡是王殿臣走过的地方，一定能长出绿色的林地与林带。在林地与林带的保护下，不少轮耕地变成了固耕地。据当时的《彰武县报》记载，其粮食产量比过去增长了50%以上。

植树造林二十载，薄地荒山成绿海。十里杏山村不再被风蚀沙埋，方圆百里生态环境有了改善，乡亲们的日子都有了好转。然而，常年劳碌的王殿臣却病倒了。1971年秋天，觉得还有很多林子没造完的王殿臣遗憾地离开了人世，年仅57岁。

彰武县第五区劳动模范、辽西省劳动模范、辽宁省劳动模范……

他留下的一枚枚奖章在闪闪发光，他带领村民集体造林的事迹在彰武大地流传。

走过一村又一村。

章古台，新中国科学治沙开始的地方。

自 1952 年辽西省林业试验站在这里成立，章古台人就有了栽树的意识，植树造林也成了他们的一种生活习惯。

以宏丰村为例：1 个村，680 户。70 年，4.2 万亩。

概括寥寥几笔，过程艰辛漫长。

"年年撑着沙子种地""种一坡收一车，打一簸箕煮一锅""一碗米半碗沙，五步不认爹和妈"……这些顺口溜是宏丰村治理前最真实的写照。

新中国成立后，宏丰村在党的领导下，全村男女老少齐上阵，展开了与风沙的顽强搏斗。他们自己扦插育苗，自己栽树护绿，营造出了坚实的绿色屏障。1973 年，为提高造林质量，解决农民和村集体资金投入难题，他们开始与附近的林场合作造林。村里出地、出劳动力，林场出苗、出技术，合作至今，造林面积已达到 1.98 万亩。

对宏丰村来讲，造林就等同于奉献，原因是全村几乎所有的林地都属于国家级公益林，间伐、砍伐受到十分严格的限制。直白点说，看不到收益。搭钱、搭工、搭精力，但宏丰村人从未把这"三搭"放在心上，因为他们早已把固住脚下的沙地视为自己的责任与使命。

只要生态变好，心甘情愿做绿化家园的奉献者。

这条奉献路上有三位"先行者"，他们的名字叫刘俊、李丛、陈红岩。

2000 年，上级鼓励村民承包"四荒"造林，刘俊、李丛、陈红岩最先报了名。他们承包下紧邻内蒙古的高花窝堡屯北坨子，这片坨子地除了沙包就是沙坑，沙荒极其严重。但在这三个倔汉子看来，治的就是沙，要造林就该选这样的地块。他们不顾投入资金多、成活率低、难以成林等风险，大胆地承包了 1100 余亩地块。其中，刘俊和李丛联合承包近 1000 亩，陈红岩承包 130 亩。

那木斯莱之蓝：彰武 70 年科学治沙实录

他们的担当得到了镇党委、政府和村党支部的大力支持。2001年春天，镇政府为他们提供了一批杨树苗，他们赶着牛车拉上树苗走上了白花花的北坨子。

春天栽，秋天栽，年年栽，那一片坨子绿了起来。

绿色的"火苗"点燃了其他村民的造林热情。

曹红波、吴振生、刘庆录、刘贵、刘忠廷、孙景林、孙景方、商英利、管庆军、管庆国、管志学……这，只是其中一批。

一批跟着一批，村民开始承包村里的荒沙地造林。少的 10 亩、20 亩，多的超过百亩，仅高花窝堡屯全屯 50 多户村民承包造林面积就达 2800 余亩。宏丰村全村承包造林以及退耕还林面积接近 2 万亩，680 户村民几乎家家都有林地。全村土地面积为 6.5 万亩，其中林地总面积 4.2 万亩，森林覆盖率达到 64.6%，可以说，走在了全县的前列。

以草固沙，奉献有我。2019 年，在彰武草原生态恢复示范区建设中，宏丰村全村近 200 户村民参与退耕还草，恢复草原面积达 8000 余亩。

多年来，宏丰村始终在奉献，而且是整座村庄、全村百姓。

只有投入不见收入，后悔过吗？

村民说，从没想过这些。

回答简短而朴实，却见骨子里的无私与赤诚。

2020 年，宏丰村——这座有精神的村庄，捧回了"全国文明村"的牌匾，可谓实至名归。

逐绿而行，一路向北。

阿尔乡镇如一只拳头深深嵌入科尔沁沙地腹地。

这只拳头堪称"铁拳"。

半个多世纪以前，面对"十山九秃头，风起黄沙飞"的生存环境，阿尔乡人开始以栽树的方式"重拳反击"。

沙地栽树本就难，在起伏的沙丘上栽出横竖都成行的林子，更是难上加难。

最初，他们用镐在沙丘上打点，可刚刨出浅坑，就被风沙填平。他们在风中拉线，看不清楚不说，从没有一次是直的。

总不能把树栽得像"天女散花"似的东一棵西一棵吧！

得把这树墙栽得直溜的，给子孙后代打个样！

可是，办法在哪里？

正在大家一筹莫展之时，一位叫"乌兰"的蒙古族姑娘从栽树的队伍中走出来，她把系在头上的红头巾解了下来，说："办法在这里！"随后，就把手中的红头巾系在了铁锹把上端。

另两位叫"乌兰"的姑娘也解下红头巾，系在自己的铁锹把上端。

三条红头巾在铁锹把上迎风飘展，鲜艳而醒目。

三把铁锹竖直插在沙地上，一把在前，一把在中，一把在后，三点连成了一线。

高低不平的沙岗上，栽出了横成排、竖成行的树林。

后来，人们把红丝绸系在了锹把上称为"乌兰铁锹"。

乌兰，蒙古语"红"的意思。阿尔乡镇曾是科尔沁左翼前旗故地，很多蒙古族居民住在这里。蒙古族人喜欢用"乌兰"为家中的女孩取名，因为他们崇拜红。红象征着火，象征着光芒与胜利。

象征着光芒与胜利的"乌兰铁锹"是一把充满力量的铁锹，是阿尔乡人植树治沙的一个特有标志物，也是镇里举办各种赛事授予优胜者的最好奖品。

用这把铁锹，阿尔乡人在沙坨子上栽下2.6万亩树，建起了一道15公里长、3公里宽的松林防护带，将辽宁省抵御风沙的防线足足向北推进了 13 公里。

希望林，表率林，省界林，林海已苍茫。

追随前辈足迹，赓续绿色梦想。近几年，阿尔乡镇又添一片新林海。

这片林海叫"弘扬林"。

开启这一崭新篇章的，叫李志丹。

志存高远，丹心为民，她的名字里写着誓言。

自担任阿尔乡镇党委书记以来，李志丹放下县城里的小家，扎根于彰武治沙最前沿。擘画"植树造林 2 万亩，森林覆盖率达 58%"的蓝图，以"见缝插绿、织密屏障""补空地、堵风口、拦沙道"方式筑生态屏障，用"沙文旅""沙健康"等"沙字号"品牌资源推进乡村振兴。将青春献给沙乡的她荣获了"辽宁省三八红旗手""辽宁省脱贫攻坚先进个人"等荣誉称号。

2021 年，李志丹和彰武治沙团队代表走上了辽宁"最美人物"颁奖盛典的领奖台，接受了辽宁省委宣传部、辽宁省精神文明办的表彰。

他们，是彰武治沙人的缩影。

70 年筑梦，青山披锦绣；三代人赴约，绿水映画廊。

最后，借用颁奖盛典上铿锵有力的颁奖词向接力赛跑的彰武"描绿人"致敬——

"滚滚黄沙想要吞没我们的家园，是你们挺身而出，种草大漠，树锁狂沙，风口上嚼一碗黄沙拌饭，春寒中裂一双粗糙手掌，把不毛之地绘成锦绣画廊，将百里沙海变成北国粮仓，给子孙绿洲浩荡，还家园草青花香，你们是'两山论'的践行者，是英雄的治沙人。"

绿水青山变为金山银山，彰武的"青绿图"必定有更好的版本！

| 第八章 |

一张蓝图绘到底

　　七十岁月，万里黄沙，皓首可鉴，绿染大漠。
　　昔日大漠北来，风沙浩荡，人迹罕至；如今绿树松林，碧波映天，游人如织。
　　初夏清晨，烟轻雨重，再次登上章古台那座高高的瞭望塔，怀抱一襟林涛烟雨。远处风沙线上的"三北"防护林，仿佛天地间一道最雄壮、最隆重的绿色仪仗。起伏的松岗沙丘上，一排排挺拔的樟子松、彰武松、杨树和灌木丛层层叠叠，绿浪接天；由近及远的墨绿、深绿、浅绿，碧涛连绵。

| 第八章 | 一张蓝图绘到底

回首所来径，大漠横翠微

大漠初开，苍茫久驻。70年来，面对科尔沁沙地呼啸而来的肆虐风沙，42万彰武人民治沙不止、寸步不让，从一点绿到一片绿，再到整个林海草原，他们以愚公移山般的勇毅，在荒漠上拓出了一片新绿洲。他们拼搏在人类与自然博弈的最前沿，坚守着"人进沙退、绿进沙退"的必胜信念。这种信念以穿透时代的震撼力和跨越时空的生命力，历久弥新，生生不息。

在彰武县章古台高速出入口，路边矗立着12个鲜红醒目的大字：新中国科学治沙从这里开始。第一次踏上这片沙土地的人们，都被它深深地打动和震撼；当人们挥别这里的时候，又无不对一代代彰武治沙人深切崇敬和缅怀。"献了终身献子孙"的刘斌、"治沙书记"董福财、"有生之年决不下山"的侯贵、"马背上的护林员"李东魁、"一生都在和树打交道"的宋晓东……一代代治沙人，都把自己的岁月和梦想，嵌进了70年苍松的年轮，谱写了一曲曲感恩大地、回望生命的绿色交响乐。

"新中国科学治沙从这里开始",这12个大字就像一枚硕大而鲜红的"中国印",深深印在了大漠的绿洲之上。

如果说,昔日的彰武是"无风沙三尺,有风沙一丈",寸绿不生,沙进人退,那么,70年后的今天,彰武不仅实现了"人进沙退、绿进沙退",而且走上了"绿富同兴、绿富同行"的振兴之路。

固沙造林是世界难题,彰武获得了成功。它开樟子松引种治沙的先河,并推广到榆林、塞罕坝等"三北"地区,创造了新中国沙地造林的奇迹。为此,它获得"全国跨区域防沙治沙综合示范区"等荣誉,为全国荒漠化地区生态治理提供了成功经验,成为中国荒漠化治理的一面旗帜。

70年前的彰武,开启了新中国科学治沙的脚步,而今天的彰武,早已成为"三北"工程建设的重点区,成为辽宁中部城市群乃至京津冀的"挡沙墙""碳汇库",并正在为共和国乃至全世界的荒漠化治理贡献着"彰武智慧"。

| 第八章 | 一张蓝图绘到底

绿色何以从大漠崛起

旷野之原，从科尔沁沙地吹来的漠风，犹带狂悍。白茫茫的沙线上，点点绿色的希望在一次次共振里悸动、悲壮中突围。沙漠中崛起的绿色，如同璀璨的星座一般，指引着沙乡人民迈向美好生活的方向。

70年来，始终坚持党对防沙治沙工作的领导是成功的根本。从新中国成立之初设立的全国第一个固沙造林研究所，到后期相继成立的几个国有林场，再到1978年确立的"三北防护林建设重点县"、2001年确立的"退耕还林试点县"，以及近年来正在实施的"草原生态恢复示范区"，70年的防沙治沙历程一直都是在党的统一掌舵领航、运筹帷幄中走过的，每一时期取得的防沙治沙成就都是党坚强领导的结果。70年目标不变，接续奋斗，一任接着一任干，一张蓝图绘到底。

尊重自然、科学治沙是彰武治沙取得成功的关键。人与自然是生命共同体，尊重自然、顺应自然、保护自然是防沙治沙工作的基本原则。70年来，彰武作为新中国科学治沙开始的地方，以刘斌、宋晓东等为代表的科研人员和以董福财、侯贵等为代表的治沙英雄群体，

那木斯莱之蓝：彰武70年科学治沙实录

无论时代如何变幻，他们初心不改，矢志不移，把科学治沙贯穿始终，为我国固沙造林作出了特殊贡献。实践证明，科技力量是彰武防沙治沙取得巨大成就的关键。

彰武治沙成功的背后，蕴藏着一种超越时空的人类共同精神追求。生态文明建设周期长、成效慢，需要有耐得住寂寞、甘于平凡的思想准备，以及长期作战的责任意识。70年来，彰武人民发扬治沙精神，在"风无一片白，风起沙漫天"的荒漠沙地上，不向恶劣的自然环境、艰苦的生活环境低头，用坚韧不拔的斗志和永不言败的精神，创造了"绿色奇迹"，书写了大漠风流，铸就了"矢志不移、永不退缩、默默无闻、甘于奉献"的治沙精神。它不仅仅是一个地区治理沙漠的成功案例，更是人类对于自然环境保护和可持续发展的共同追求的体现。

艰难的拓荒，艰苦的环境，艰辛的生活，锻造了彰武人民勤劳刚毅、艰苦奋斗、顽强拼搏的性格，这些优秀基因，也深深地融入了彰武人民的血脉里，代代相传。70年治沙实践所铸就的治沙精神，贯穿着彰武的过去、现在和未来。它凝结和提升了新时代彰武人的活力和底蕴，使他们勇敢地面对现实，心中燃烧着热血，同时又怀揣着豪情壮志，展望未来。

如今，彰武已变成一座天然的森林花园，"三北"防护林万顷林海，犹如彰武以北的一条翠色玉带；"以水含沙"工程治理后的大冷、满堂红镇，蜕变为"风吹稻花香两岸"的塞北江南；德力格尔草原则是园中之园……水天一色的那木斯莱宛若嵌在绿海中的明珠，愈加璀璨夺目。

绿色已经成为彰武的标志和底色，曾经的沙漠之地，如今向世界敞开了一扇绿色而明亮的窗口。未来的彰武，将继续坚持"绿水青山就是金山银山"的发展理念，全面推进生态文明建设，以沙漠化治理及两河流域综合整治为重点，做好"山水林田湖草沙"7篇大文章，打造碧水、蓝天、青山、净土的高品质生活环境，开创"生态立县"绿色发展新局面。

彰武县计划在"十四五"时期，将森林覆盖率由现在的31.47%增至35%，并进一步加快"生态屏障城"建设，加快实施彰武草原生态恢复示范区建设，全力抓好柳河、养息牧河全域综合治理，建设滨河景观和生态湿地，努力打造生产、生活、生态"三生"融合的彰武典范，推动草原旅游区建设，建立人与自然和谐共生的美丽彰武。

习近平总书记指出："全力打好科尔沁、浑善达克两大沙地歼灭战，科学部署重大生态保护修复工程项目，集中力量打歼灭战。"辽宁是"三北"工程建设的重要一环，作为辽宁治沙的主阵地，彰武治沙依然任重而道远。至今，科尔沁沙地南部在彰武县域内还存在着1331平方公里的沙化土地。如何治理好这片沙地，是夺取科尔沁沙地歼灭战胜利的关键所在。

蓝图已绘就，号角再吹响，这既是动员令，也是任务书，更是彰武的使命和责任。习近平总书记发表的重要讲话，为"三北"地区生态建设明确了新航标。彰武也将继续大力弘扬治沙精神，在新时代新征程上，进一步总结彰武治沙经验，推动形成防沙治沙的强大合力，确保在2030年全面打赢科尔沁沙地歼灭战，为建设美丽中国作出辽宁贡献！

那木斯莱之蓝：彰武70年科学治沙实录

一本书，一张蓝图，一座丰碑

21世纪最值得关注的问题就是生态环境问题。生态兴，则文明兴，古今中外的生态环境变化直接影响不同文明的兴衰演替。四大文明古国都起源于生态良好的地区，即森林茂密、水量丰沛、田野肥沃的地方。生态兴为文明兴提供了基础。但同时，生态也可以是文明的崩溃之因，古埃及和古巴比伦文明的衰落，便是最好的证明。

彰武人明白这个道理。所以，他们用70年的坚守，70年的前赴后继，践行"愿以白发换绿洲"的大漠初心。

很难想象，他们要如何努力，才能把沙化土地面积曾占全县总面积96%的破碎家园建设成今天的模样。

但是，彰武人做到了。

如今的彰武大地上，辽宁省固沙造林研究所老所长刘斌等人在20世纪50年代种下的一片片樟子松林，与新一代的彰武松林相互交织。松涛声仿佛一片绿色在呼唤另一片绿色，汗水和诺言在树干上凝结，树的年轮急速旋转，形成了一代代治沙人共同创造的壮丽森林。

第八章 一张蓝图绘到底

这片森林中，众多英雄树挺立着，身姿笔直，迎着大漠站立，毫无惧色。

这些英雄是彰武治沙人的象征。勇敢的彰武治沙人面对恶劣的自然环境，坚定地屹立不倒。他们用行动告诉世人，只要坚持不懈，就能够战胜困难，改变命运。他们用自己的汗水和努力，创造了一个美丽的家园。

所以，这片森林不仅是彰武治沙事业的见证，更是彰武人民奋斗精神的象征。

为把宝贵的治沙精神和治沙经验传下去，彰武治沙学校在2019年成立了。学校以彰武治沙模式、实践成果和治沙精神为核心内容，通过培训和教育，将这些宝贵的经验和精神传授给来自五湖四海的学员。截至目前，彰武治沙学校已经举办了600余批次的培训，培训了近4万人。这些学员聚集在这里，又像当年的一棵棵樟子松、彰武松的种子一样，离开这片土地，把坚韧和绿色的希望洒向"三北"大地，洒向中国乃至世界的各个角落。

然后呢？

——去书写治沙精神的精彩续篇。

——去建设美丽中国。

——去分享宝贵的治沙经验给全世界。

习近平总书记强调，生态文明建设是关系中华民族永续发展的根本大计。彰武人民不仅让"山水林田湖草沙"在这里完美相遇，而且重整山河，改天换地，把"绿水青山"真正变成了"金山银山"。一曲撼天动地的彰武治沙壮歌，就是习近平生态文明思想在北方大地的生动实践，是彰武几代治沙人用心血和汗水，把绿色的中国梦写在科尔沁茫茫大漠上的真实写照。

刘斌、韩树堂、董福财、宋晓东、李东魁、侯贵……

辽西省林业试验站、辽宁省固沙造林研究所、辽宁省风沙地改良利用研究所、辽宁省沙地治理与利用研究所……

这一个个名字，便是一座座丰碑，他们的功绩应该被铭记，他们的成果更应该被传播。这也是《那木斯莱之蓝：彰武70年科学治沙实录》这本书存在的价值和意义。

|附录|

彰武治沙大事记

| 附录 | 彰武治沙大事记

1949年4月	彰武县丰田乡杏山村王殿臣互助组栽植防沙林75亩。
1950年5月	辽西省人民政府林业局在彰武县城姑子庙成立林业训练班。当年招收学员120名。（1952年秋季从彰武县城迁至章古台）
1951年5月	辽西省在彰武县章古台镇建造了第一个苗圃。
1951年7月	辽西省人民政府在彰武县建立沙荒造林局，刘斌任局长。该局管理彰武、双辽、康平和新民等风沙地区县防护林带及防风林网营造事宜。
1952年1月	东北人民政府发布《关于营造东北地区西部防护林带的决定》，规定防护林营造范围包括60个县、镇。
1952年4月	辽西省人民政府在彰武县章古台设立辽西省林业试验站，林业工程师韩树堂筹备建站工作。
1952年秋季	彰武县营造护路林会战在境内南起绕阳河东岸，北到阿尔乡站50公里铁路两侧展开。全县调动3万劳动力、4000多台大车，共造林1200公顷。

1953年3月	辽西省人民政府决定，将设在章古台的省人民政府林业局林业训练班改称为辽西省林业干部学校。
1953年6月	中国科学院林业土壤研究所在章古台镇设立试验站。
1953年9月	辽西省林业试验站改称为辽西省林业局固沙造林试验站。
1953年10月	刘斌任辽西省林业局固沙造林试验站主任。
1954年8月	因辽东、辽西省合并为辽宁省，辽西省林业局固沙造林试验站改称为辽宁省林业局林业试验站。
1955年6月	辽宁省林业局林业试验站改称为辽宁省林业局固沙造林试验站。
1955年6月	营造中国第一片樟子松引种固沙林，使樟子松成为中国沙漠化治理的首选针叶树种，蜚声世界。
1956年5月	成立国营四合城林场。
1956年	彰武县完成大德、古井子、上三家子、西树林等六大流动沙丘治理，共营造固沙林4400公顷。
1957年6月	彰武县建立国营中窑林场。
1958年1月	彰武县成立国营章古台机械林场。
1959年8月	林业部在彰武县召开东北西部、内蒙古东部防护林现场会议。会议全面总结了防护林营造和管理的经验。中共彰武县委第一书记那顺在会上发言。

1959年10月	彰武县建立国营柳河林场。
1960年1月	林业部授予辽宁省林业局固沙造林试验站、彰武县五峰公社"林业先进集体"称号。
1960年4月	彰武县建立国营胜利机械林场。
1961年12月	辽宁省林业局固沙造林试验站改称为辽宁省林业厅章古台防护林试验站。
1962年9月	确认樟子松引种造林成功。
1963年	辽宁省风沙地改良利用研究所在彰武县章古台成立。
1964年2月	阜新市中心林场改为国营林场管理站,彰武县设章古台中心林场。
1965年5月	辽宁省林业厅章古台防护林试验站改称为辽宁省林业科学研究所章古台防护林试验站。
1965年9月	在甘肃民勤召开的全国治沙会议上,认定章古台防护林试验站"灌木固沙为主,人工沙障为辅"的综合固沙方法是全国4种有效固沙措施之一。
1965年	章古台机械林场所属塘坊苗圃划为彰武县林业局直属苗圃。
1966年6月	辽宁省林业科学研究所章古台防护林试验站在彰武县后新秋公社白音皋大队建立固沙造林推广基地。
1967年8月	辽宁省林业科学研究所章古台防护林试验站开展利用赤眼蜂防治松毛虫的试验研究。

1969年	彰武县将塘坊苗圃划归章古台林场，哈尔套苗圃划归胜利林场，彰武县城苗圃和赏屯苗圃划归国有林管理站领导。
1972年3月	《人民日报》以《壮志锁黄龙》为题，报道了章古台防护林试验站固沙造林的先进事迹。
1972年3月	辽宁省林业科学研究所章古台防护林试验站划归阜新市领导，因此更名为阜新市防护林试验站。
1974年6月	彰武县建立高山台林果场（后改为高山台林场）。
1978年4月	在中共中央、国务院召开的全国科学大会上，"樟子松沙荒造林技术"获得全国科技大会荣誉奖。
1978年8月	阜新市启动"三北"造林一期工程规划设计工作。规划造林作业面积80万亩。彰武县被列为"三北"一期规划范围。
1978年10月	阜新市防护林试验站改称为辽宁省固沙造林研究所，隶属省林业厅领导。
1981年8月	马里总统穆萨·特拉奥雷和夫人一行30人，在国务院副总理、中联部部长姬鹏飞和夫人许寒冰，中国驻马里大使杜易和夫人杨淑芳，辽宁省副省长胡亦民、辽宁省林业厅厅长沈流、阜新市市长林声和彰武县县长黄文升等陪同下到章古台辽宁省固沙造林研究所考察固沙造林工作。
1983年8月	《光明日报》报道：辽宁省固沙造林研究所在章古

	台沙地引种樟子松技术，经过多年实践，已在吉林、河北、山西、陕西、甘肃、山东、新疆、宁夏和内蒙古等省（自治区）推广。
1983年10月	中共阜新市委、市人民政府发布《关于大力种树种草的决定》。
1983年11月	《辽宁日报》发表题为《绿了章古台 白了少年头》的文章，赞誉了"大漠风流"精神。
1983年	彰武县被辽宁省人民政府命名为全民义务植树先进县。
1984年1月	辽宁省固沙造林研究所获得"农林科技推广先进集体"称号。
1984年12月	辽宁省固沙造林研究所关于"章古台固沙造林"研究成果通过国家级鉴定，该项成果被认为是国内首创，具有国际先进水平。
1985年5月	辽宁省风沙地改良利用综合样板建设研究项目获得了"国家科技进步三等奖"。
1985年11月	辽宁省人民政府召开"三北"造林第一期工程表彰会，彰武县被评为"三北造林先进县"。
1986年3月	彰武连续4年义务植树530万株，被评为辽宁省"绿化先进县"。
1986年8月	章古台固沙造林获"辽宁省科技进步一等奖"。
1988年12月	沙地樟子松人工林水养动态研究项目获得了"林业

	部科技进步三等奖"。
1989年10月	彰武县委、县政府为辽宁省固沙造林研究所修建了"大漠风流"纪念碑，以彰显研究所艰苦奋斗几十年，为改变彰武面貌所作出的贡献。
1990年10月	选育彰武松。
1991年3月	彰武被林业部评为"全国平原绿化先进单位"。
1991年12月	阜新市人民政府决定在彰武县章古台镇建立樟子松育苗基地。
1992年6月	彰武被列为"全国防沙治沙重点县"。
1994年6月	彰武被列为"全国樟子松苗木基地县"。
1997年9月	沙地草牧场防护林体系利用和功能评价研究项目获得了"林业部科技进步三等奖"。
1998年5月	辽宁省固沙造林研究所被国家林业局评为"全国林业科技推广先进单位"。
1998年6月	彰武被国家确立为"生态建设示范县"。
2001年12月	辽宁省人民政府把彰武县列为退耕还田试点县。
2002年5月	彰武被国家林业局授予"全国防沙治沙先进集体"称号。
2002年9月	国家林业局授予彰武县章古台樟子松育苗基地"全国特色育苗基地"称号。
2004年5月	辽宁省固沙造林研究所被国家林业局评为"全国特

	色种苗基地"。
2012年	彰武北部阿尔乡、冯家、后新秋等沙化严重的乡镇率先发展第一批光伏产业。
2012年6月	辽宁省固沙造林研究所被评为"全国生态建设突出贡献先进集体"。
2013年5月	彰武被评为"全国防沙治沙先进集体"。
2016年9月	彰武获得"全国绿化模范单位"和"全国生态建设突出贡献先进集体"两项殊荣。
2016年11月	彰武治沙团队被辽宁省委宣传部授予"辽宁好人·最美振兴发展带头人"称号。
2018年4月	实施50万亩草原生态治理工程。
2018年12月	彰武阿尔乡镇被评为"三北防护林体系建设工程先进集体"。
2019年6月	彰武被评为"全国绿化模范单位"。
2019年7月	启动柳河流域生态综合治理工程。
2019年9月	阜新市彰武治沙学校成立。
2019年9月	70年治沙形成的"矢志不移、永不退缩、默默无闻、甘于奉献"的治沙精神得到广泛传播。
2020年8月	"彰武沙漠绿化"入选《人民日报》刊发的《新千里江山图》,排在第七的位置,成为关外第一景。
2021年5月	彰武松被认定为国家级林木良种。

2021年9月	彰武县人民政府在全国"三北"工程科学绿化现场会作典型发言。
2021年12月	由宋晓东等8人组成的"彰武治沙团队"被授予"辽宁好人·最美振兴发展带头人"荣誉称号。
2022年3月	阜新市国家国土绿化试点示范项目暨2022年春季植树造林启动仪式在彰武举行。
2022年6月	国家六五环境日,辽宁省第一片碳中和林"彰武碳中和林"义务植树活动在彰武举行。
2022年6月	辽宁省总工会、辽宁省财政厅和辽宁省妇女联合会在彰武县共建"省工会林""省财政林""省妇联林"义务植树基地。
2022年8月	习近平总书记在沈阳新松机器人有限公司展厅,关注到彰武治沙今昔对比图片,对彰武生态建设给予殷殷嘱托。
2022年11月	彰武县四合城镇刘家村村民侯贵荣获"2020—2021绿色中国年度人物"殊荣,排在"民间行动"类别的第一位。
2022年12月	彰武县获评"绿水青山就是金山银山"省级创新基地。
2022年12月	现代评剧《沙海情》作为全省庆祝党的二十大优秀舞台艺术作品进行展演。
2023年3月	阜新市一季度重大项目集中开工和集中签约暨彰武

	50万千瓦光伏治沙项目开工仪式在彰武举行。
2023年5月	彰武县水田湿地二期项目完成全部6384亩土地的整理、13.15公里供水管道铺设工作，正式通水泡田。
2023年5月	彰武县举办2023华能新能源杯"漠上草原欢乐跑"活动。
2023年6月	国家六五环境日，辽宁省主会场活动启动仪式在彰武县章古台镇举行。
2023年7月	彰武治沙群体荣获辽宁"时代楷模"称号。
2023年8月	国家林草局在彰武县召开科尔沁、浑善达克沙地歼灭战片区报告会。
2023年8月	辽宁省防风治沙工作推进会议在彰武召开。